VESTIBILHAR
DE
MEDICINUCA

ANGELA CARNEIRO

VESTIBILHAR DE MEDICINUCA

4ª edição

© *Angela Carneiro, 1994*

Reservam-se os direitos desta edição à
EDITORA JOSÉ OLYMPIO LTDA.
Rua Argentina, 171 – 1º andar – São Cristóvão
20921-380 – Rio de Janeiro, RJ – República Federativa do Brasil
Printed in Brazil / Impresso no Brasil

Atendemos pelo Reembolso Postal

ISBN 85-03-00534-4

Capa e ilustrações: ANGELA CARNEIRO

CIP-Brasil. Catalogação-na-fonte
Sindicato Nacional dos Editores de Livros, RJ.

C287v	Carneiro, Angela
Vestibilhar de medicinuca / ilustrações de Angela Carneiro. – 4ª ed. – Rio de Janeiro: José Olympio, 2006.

Contém dados biobibliográficos.

1. Literatura infanto-juvenil. I. Título.

CDD – 028.5
808.899282
CDU – 087.5
82-93

06-1552

SUMÁRIO

SOBRE A AUTORA
p. 7

VESTIBILHAR
DE
MEDICINUCA
pp. 11 a 95

SOBRE A AUTORA

Nasci no Rio de Janeiro, mais precisamente em Copacabana. Uma Copacabana bem diferente do que a gente vê hoje: uma faixa estreita, mar limpo, cheio de peixes prateados mordiscando os pés. Nada de quiosques, apenas vendedores ambulantes de mate, biscoito e picolé.

Morei em Copacabana, mais precisamente na rua Barata Ribeiro, uma Barata Ribeiro sem sinais de trânsito, onde, em sábado de Aleluia, se malhava o Judas numa brincadeira com os poucos ônibus que passavam, ônibus pagos com fichas coloridas!

Vivi na Barata Ribeiro, mais precisamente num prédio verde, sem grades, sem porteiro eletrônico, com um lago cheio de peixes vermelhos e um sapo verde de porcelana. Um prédio com muitas crianças como eu que brincavam de pique-esconde, polícia e ladrão, carrinho de rolimã.

Morei num prédio verde, mais precisamente num apartamento cuja porta passava o dia inteiro aberta, sem trancas, e nós entrávamos e saíamos quando queríamos.

Pode parecer mentira, mas foi assim que vivi a infância. E nem por isso foi uma infância sem medos, sem perigos. Ao contrário! Havia o cachorro do vizinho, a velha doida, a fofoca... coisas que davam medo.

Mas era um tempo diferente, um tempo com menos televisão, com muitos livros de histórias, entre eles, toda a coleção de Monteiro Lobato e todos os livros de Laura Ingalls Wilder. Sem contar os livros encadernados que minha mãe lia em voz alta.

Aí foi crescer rodeada de histórias e me aventurar a escrever as minhas. O tempo foi passando, e eu lendo e escrevendo histórias. Estudei Educação, e continuei escrevendo histórias. Fiz mestrado em Educação, e continuei lendo e escrevendo histórias. Fui trabalhar na Faculdade de Arquitetura ensinando desenho artístico, e continuei lendo e escrevendo histórias. Casei, tive filhos e comecei a contar minhas histórias para eles. E ler histórias para eles, e inventar outras tantas para eles!

Aí, um dia, com Malu Alexim, escrevemos uma história chamada *Qual o caminho do Sol?* Gostamos tanto do que criamos que tomamos coragem e mostramos para a editora José Olympio. Sabe o que aconteceu? Eles adoraram a nossa história! Gostaram tanto que resolveram publicar. Eu mesma ilustrei.

Logo depois, escrevi *Caixa Postal 1989*, que a mesma editora publicou! E com este livro, ganhei três prêmios, entre eles, o Jabuti.

Depois foi continuar lendo, escrevendo, publicando, e, com sorte, ganhando outros prêmios.

O tempo passa, a aposentadoria chega, a porta ganha tranca, o prédio ganha grades e circuito interno de TV; a rua ganha policiais e sinais, o bairro ganha sujeira, barulho, quiosques e... ah! Eu quero o Sítio do Pica-Pau Amarelo de Monteiro Lobato! Quero morar *À beira do riacho* como Laura Ingalls!

E foi isso que fiz. Moro num lugar verde, com riacho cristalino, passarinho, cachorro, vaca e cavalo e feliz da vida!

VESTIBILHAR DE MEDICINUCA

VESTIBULAR... certamente esta palavra deriva de vestíbulo, cuja definição, por mais significados que tenha, sempre se refere à entrada, chegando a ser sinônimo de *porta principal*. Vestibular... um exame, uma entrada para a porta principal de uma vida. Exagero? Que nada! Se oito horas de nossa vida útil são passadas no trabalho, é nesta profissão, neste fazer produtivo, neste tempo de vigília, exatamente nestas *oito horas,* que devemos nos concentrar para encontrar nossa felicidade. Então, ao vestibular!

O ano é 1972. Começam os primeiros sinais de transmissão de TV em cores e os conhecidos orelhões estão em seus meses de estréia. No teatro, *Hoje é dia de rock* chama platéias vestidas de branco e flores. O calçadão de Copacabana foi recém-inaugurado, o túnel Rebouças ainda em época de ajustes e o Dois Irmãos está quase pronto. O Carnaval foi fantástico! Venceu Império Serrano com o enredo *Alô alô taí Carmem Miranda,* com Leila Diniz dando um *show* na avenida. A *socialite* Beki Klabin também inaugura a passarela; é a Zona Sul subindo o morro para o Carnaval. Caetano e Gil voltam do exílio, pois, como diz a canção do Chico, "a coisa aqui está preta...".

Lá fora, todas as guerras que cabem nos jornais: Irlanda, Palestina e, principalmente, Vietnã. Nixon é reeleito presidente dos Estados Unidos.

O *best-seller* é *Incidente em Antares,* de Érico Veríssimo; a música é *Oh me oh my.* Ponte Rio–Niterói em construção, ir ou vir só de barca pagando Cr$0,35. Aliás, a inflação oficial do ano de 1971 foi de 18% e a real, de 24%. Sem comentários. Muito se fala da Transamazônica, uma estrada de rodagem enorme que rasgaria o estado do Amazonas, lembra? e muito se fala da conquista do espaço.

Ano do sesquicentenário da Independência, ano das Olimpíadas de Munique. A TV mostra a novela *Minha doce namorada* e também Sílvio Santos, Chacrinha e Flávio Cavalcânti. Médici é o presidente do Brasil.

Neste Brasil, cuja única unanimidade nacional (segundo Nelson Rodrigues) é Chico Buarque, se canta *Construção*, a morte de um operário atrapalhando o tráfego, mas também se canta "Eu te amo, meu Brasil, eu te amo". Neste Brasil, há um incêndio terrível no edifício Andrauss em São Paulo, a população descobre que incêndios acontecem e que é preciso cuidado. Cai o viaduto carioca Paulo de Frontin, em início de construção, a dor é grande e são muitas as discussões a respeito das causas.

Neste Brasil, os estudantes têm medo. Existe um decreto, o 477, que precisa ser abolido. Ulisses Guimarães, líder do MDB, com seus autênticos ou não, dizia que o decreto "era um instrumento de força absurdo que criou o império do medo entre a mocidade". E a mocidade? Preparava-se para o vestibular. Tinham entre 17 e vinte anos, chamavam-se Lúcia, Cristina, Daniel, Tetê, Teca, Sônia, Chico, George, Luís Carlos e Jaques. Claro que não eram só eles, mas os outros vocês vão conhecer depois.

O país do futuro é o país do presente
MÉDICI

Cidinha Campos: a Rainha do Baile das Atrizes

LÚCIA deu uma última olhada no desenho. Nada mal, pensou. A modelo se espreguiçava, começando a se vestir. A professora avaliava o trabalho de um colega gordinho ao seu lado. Falava coisas a respeito das gorduchas de Rubens e das longas figuras de El Greco. Mas Lúcia não prestava atenção; não por estar desinteressada, muito pelo contrário: tudo o que dizia respeito às artes lhe interessava, tudo. Mas por estar atrasada: precisava se apressar para o seu primeiro dia de aula no "Colégio Estadual, onde se entra burra e sai boçal no terceiro ano colegial". Não adiantou. Chegou atrasada. Cumprimentou alguns conhecidos que se viraram à sua chegada, colocou o fichário sobre a mesa de fórmica e tentou prestar atenção. O professor de filosofia dizia:

— O útil e o inútil. Quando você olha para o relógio, o quê está vendo? As horas? Não! Você está vendo quanto tempo falta ou sobra para alguma coisa!

Lúcia olhou para seu próprio relógio. Hora errada. Sempre se esquecia de dar corda. Olhou o prof. Filô, tornou a olhar o relógio e tomou uma decisão:

— Atenção meus colegas! — disse em voz alta e levantando-se. A turma virou-se rindo. — O que é que estou fazendo nesse disco? Filosofia não cai no vestibular, sendo assim, adeus, *au revoir, bye-bye!* Felicidades a todos!

Apertou o fichário contra o peito e saiu feliz da vida pelo corredor, dando um beijo de despedida na inspetora. Voltou para casa correndo pelas ruas.

Em casa, nem tirou o uniforme. Avisou aos pais que decidira fazer cursinho e pegou o telefone para contar a novidade para sua melhor amiga, Cristina.

– Oi, sua vaca! – foi a saudação da amiga. – Deixei trezentos recados para você. Até que enfim você ligou. Terminei com o Flávio e dessa vez é pra sempre, pra sempríssimo!

– Acredito! Pra sempre até a hora dele te mandar flores, cair de joelhos pedindo desculpas, comprar entradas para a Banda Antiqua...

– Não, dessa vez a sacanagem foi grande. Não dá pra contar agora, porque minha avó está cada vez mais surda e a televisão está aos berros. O filho da mãe do cachorro não pára de latir e minha irmã está batendo qualquer bagulho no liquidificador. Não dá pra ouvir droga nenhuma.

– Mas vê se você ouve isso, vou berrar: VOU FAZER CURSINHO! Ouviu?

– Uau! Jóia! Mas não precisava berrar tanto, agora fiquei surda de vez. Amanhã passa aqui em casa para a gente ir juntas, falou?

Cristina adorou a novidade. Não conhecia ninguém no cursinho e já se habituara a estudar com Lúcia. Eram amigas desde o primeiro ginasial. Lúcia era estudiosa, enquanto Cristina positivamente não conseguia estudar sozinha. Abriu seu diário e começou a escrever:

3 de março de 1972

Lúcia acabou de me telefonar avisando que decidiu ir para o cursinho. Tenho certeza de que ela vai adorar. É um clima totalmente diferente do colégio, todos os professores são interessantes. Foi pena não ter dado para falar com ela direito. Também, a velha está cada vez pior, já falei para ela ir ao médico, arrumar um aparelho, enfiar uma cornucópia no ouvido... não agüento mais a televisão aos berros, tô aqui escrevendo e ouvindo "Na Brastel tudo a preço de banana". Que saco! Não dá pra ficar quieta nesta casa. Agora a vaca da minha irmã está se queixando da luz acesa. O filho da mãe também não me ligou hoje. Quero que ele morra! Bem que ele podia ter sido queimado no Andrauss, ele estava em São Paulo visitando a priminha... Também agora chega! Nunca mais quero ouvir o nome daquele cretino, falso, filho da mãe! Nem agüento olhar pra cara dessa coisa que se diz minha irmã. Taí ela, fingindo de santinha, numa boa, amizade, podes crer! Como eles tiveram coragem? Ele disse que foi só porque estava pê comigo, tinha apertado um e bababau. Dá pra acreditar? Os dois se merecem! Que fiquem os dois numa boa, metendo bronca, cheios de paz, fumo e amor, que eu estou fora! Fora! *Out!*

Droga... tô chorando de novo... eu amo aquele cretino! Como ele pôde fazer isso comigo? Chega! Não quero mais falar sobre isso. Fico horrível quando choro, o olho fica todo inchado, o nariz que já é batatudo cresce igual ao do Pinóquio. Chega! Vou pensar em outra coisa!

O que é que eu fiz hoje? Bem, acordei e fui ao Passo, tive aula de história geral e história do Brasil. Tô me amarrando nos professores! Parece que o Gustavo, professor de H.B., já foi preso. Pelo menos foi o que o Márcio me contou. Encontrei com o Márcio hoje lá na porta da sorveteria Rick. Ele está fazendo economia na PUC e quando eu disse que era aluna do Gustavo, ele contou que o Gustavo também tinha sido professor da PUC, mas daí tinha sumido e diziam que tinha sido preso e coisa e tal. O cara é fera, tem uma cuca incrível. Ah! o Márcio está fazendo teatro! Nunca imaginei, todo tímido, caladão... Que coisa, né? Bem, daí depois da aula passei na costureira, mandei reformar aquela calça que comprei na Lixo. Vai ficar o barato! Depois foi aquela porcaria de sempre: arroz com ovo no almoço, mamãe reclamando de dor de cabeça dizendo que o sacana do meu pai não tinha mandado a pensão este mês, tá vendo, né? Lá vamos nós para a justiça de novo. Vai ver que estou querendo ser advogada só pra ferrar com meu pai de vez! Vou acabar me especializando em Vara de Família, de tanto que já entendo dessas bostas todas. Daí chega a sonsa da minha irmã usando minha blusa cacharrel nova! Fiquei muito pê da vida! A filha da mãe nem pediu emprestado, e nem ousaria, pois desde ontem, depois que soube da sacanagem que ela fez comigo, ela que não ouse dirigir a voz a mim! Ela sabe que quando eu bato é pra valer! Daí arranquei a blusa dela aos gritos. Tô de saco cheio dessa vida! Se eu tivesse grana me mandava para a Inglaterra e nem apagava a luz do aeroporto. Vou terminando por aqui, pois amanhã é outro dia e tenho que estudar muito e esquecer o canalha do Flávio.

    As amigas se encontraram na porta da casa de Lúcia. Óculos escuros e silêncio total. Sete anos de convivência tinham seus códigos: palavra alguma poderia ser pronunciada antes das 8h da manhã; caso contrário, pena de morte ao infrator, prisão perpétua, ou qualquer outra penalidade igualmente drástica.
    Caminhavam sem pressa e vestidas quase igual: blusa malandrinho, *jeans* desbotado e sandálias anabela. As filas dos elevadores es-

tavam longas, formadas por uma garotada sonolenta e desgrenhada, todos a caminho de seus cursinhos. E havia três no prédio. Após pararem em todos os andares possíveis, finalmente chegaram ao andar do curso Passo. A porta ainda se encontrava fechada. No chão do corredor, sentados, os vestibulandos aguardavam silenciosos. Lúcia acendeu um cigarro. Imediatamente uma menina de longos cabelos louros, que parecia estar dormindo, pediu as *vinte*.

– Vai demorar – respondeu Lúcia. – Não quer um inteiro?
– Não, bicho, tô a fim só das *vinte* mesmo...
– Mas eu tô a fim de fumar um cigarro inteiro, toma um e apaga quando não quiser mais, assim você fica com umas quatro *vinte*!
– É *mermo*... jóia... – terminou a loura aceitando o cigarro e acendendo-o no de Lúcia.

Cristina prendia o riso; sabia o quanto a amiga detestava que dessem tragadas em seu cigarro ou pedissem as *vinte*. Para Lúcia, cigarro era um ritual, um acontecimento. A porta do elevador voltou a se abrir e novos colegas saíram, aparentemente liderados por um homem barbudo. Este pediu desculpas pelo atraso a uma senhora, chamando-a de tia Vera, dirigiu-se aos alunos pedindo que se acomodassem, pois a aula já iria começar.

Cristina cumprimentou um rapaz muito branco, louríssimo, cabelos finos caindo sobre os olhos claros. Apresentou-o a Lúcia como George. Tinham se conhecido na véspera acotovelando-se nas cadeiras, pois George era canhoto. Dessa vez, ele escolheu o lado da janela.

O professor de barbas assumiu seu lugar frente ao quadro, escrevendo: "Euclides-Literatura." Falou a respeito do que iriam estudar, que se dedicariam a Manuel Bandeira, Drummond e Pessoa.

– Começaremos por Fernando Pessoa.

Daniel chegou sorridente, mexeu com tia Vera, que fazia as vezes de secretária e merendeira, pois sempre tinha cafezinho e biscoitos para os alunos. Logo notou que havia uma cadeira vaga ao lado de Cristina e gostou. Dirigiu-se para o lugar, mexendo com todos os colegas, sentando-se com ar compenetrado. Euclides lia enfaticamente *Lisbon revisited*:

– "Não me peguem no braço! Já disse que não quero que me peguem no braço! Ah que maçada me quererem de companhia!"
Neste ponto, Daniel virou-se para Cristina dizendo:
– Aposto que faço você gritar.
– Que papo estranho, garoto!
– Eu vou fazer você gritar, duvida?
– Corta essa! – disse Cristina, já de mau humor.
Daniel deu um sorriso maroto, pegou o isqueiro de Cristina, que estava sobre o braço da cadeira, e passando o braço por trás do encosto, acendeu-o bem próximo ao corpo da menina. Imediatamente Cristina deu um berro, levantando-se:
– Ai! Esse filho da mãe botou fogo na minha bunda!
– Pra fora os dois! – ordenou Euclides.
– Ah, corta essa, mestre! – reclamou Cristina. – Eu também não gosto que me peguem no braço!
Euclides riu, mas continuou fazendo cara de mau:
– Pra fora do mesmo jeito. Vão tomar um cafezinho, acalmem-se e depois voltem. Ano de vestibular é coisa séria, não dá para interromper aos berros uma aula, principalmente sobre o mestre Fernando Pessoa!
Apesar dos protestos de Cristina e dos risos dos colegas, Daniel pegou Cristina pela mão, arrastando-a até o balcão.
– Vê dois cafezinhos para esses vestibulandos rebeldes, tia Vera! – pediu Daniel sempre sorrindo. – Viu? Te fiz gritar...
– Bem quente, viu, tia Vera! Pelando, para eu jogar na cara dele!
– Daniel, às suas ordens.
– Daniel uma ova! Seu nome é Lúcifer! Escuta aqui, Lúcifer, sou bolsista do curso, sou dura e burra. Odeio estudar e não posso perder meu tempo se quiser ser aprovada no vestibular para direito.
– Nascemos um para o outro: você está concorrendo comigo, só que sou inteligentíssimo!
– E modesto...
– Não, realista. Sou um gênio! Mas qual é o seu nome?
A conversa ainda levou alguns minutos, num tom bem mais amigável. Voltaram para a aula, e durante o intervalo, numa lanchonete próxima, o grupo teve oportunidade de se conhecer melhor. Daniel,

sempre sorridente e falante, logo puxou conversa com as novas amigas:
— E você, Lúcia, também está tentando direito?
— Não, Daniel, em matéria de leis, a única coisa que curto é filme sobre julgamentos. Não perco um. Me amarro, mas prefiro deixar na tela essas emoções. Eu vou para pedagogia.
— Você fez o curso normal?
— Nada. Eu e Cristina cursamos o colegial. Eu gosto mesmo de educação. Sou fanática por esse assunto.
— A Lúcia é c.d.f. — avisou Cristina. — Um gênio, como você.
— Não tem nada a ver, Cris! Eu demorei pacas para me decidir. Afinal de contas, meu grande barato é arte, posso passar o dia inteiro pintando que estou feliz...
Neste ponto, uma menina baixinha de cabelos muito lisos e um tique nervoso nos olhos entrou na conversa:
— Você pinta? Eu faço artesanato. Também adoro artes. Muito prazer, Terezinha.
— Quem me chamou? — perguntou uma morena com três estrelinhas douradas no rosto, que mordia um sanduíche. — Eu sou Terezinha!
Daniel resolveu tirar as dúvidas:
— Calma lá, vamos começar tudo de novo. Terezinha das estrelinhas, você tem apelido?
— Tenho. Sou mais Teca do que Terezinha.
— E eu sou Tetê.
— E que área vocês estão tentando?
Tetê queria história. Era a segunda vez que tentava vestibular, estava seriamente inclinada a estudar para valer este ano. Teca ainda tinha dúvidas. Talvez filosofia, letras, ainda tinha dúvidas. George, o louro canhoto, conversava com um rapaz grande e branco. Oferecendo cerveja ao grupo, entrou na conversa. Ficaram sabendo que George e Jaques fariam economia. Pelo sotaque logo perceberam que o grandão do Jaques era do interior do estado, viera tentar o vestibular no Rio. Daniel, com seu jeito extrovertido, puxou para a conversa outros três alunos presentes na lanchonete. Chico, caladão, de vastos bigodes, estudava para sociologia; Luís Carlos, negro com cabelo

black-power, para comunicação; e Sônia, uma menina muito arrumadinha de grandes olhos claros, tentaria história. O intervalo foi curto para tanto assunto. Entraram em sala já com o prof. Gustavo distribuindo as apostilas.

NOVIDADE! Cerveja em lata!

Daniel tentava estudar, mas não conseguia. Não apenas por causa da obra no banheiro martelando sua cabeça, mas principalmente pela sensação de inutilidade que aquele estudo prematuro lhe dava. Não havia cobrança de notas, e só o fato de estar no cursinho era uma carta de aprovação no terceiro ano clássico. Esses convênios eram uma mão na roda! E depois, estudavam às cegas. Ninguém sabia que matérias cairiam no vestibular. Estudar sem rumo era cansativo.

Ainda não havia assistido *Castro Alves pede passagem*. Diziam que era uma grande peça. Sexta-feira, bom dia para um cultural. Pegou a caderneta de telefones e resolveu ligar para Lúcia. Sabia que Cristina estava estudando na casa dela. Aquela garota mexia com ele, era rápida nas respostas, agressiva e uma graça.

Pediu um tempo para os operários, senão seria impossível falar ao telefone. Eles adoraram. Aquela sua mãe, desde o desquite, cismava em redecorar a casa. Um pouco para se ocupar, outro pouco para gastar o dinheiro do pai. Daniel sabia que o pai não estava nem aí. Tinha tantas preocupações políticas, que dinheiro era o que menos lhe importava. Dava tudo quanto eles queriam. Sua própria irmã, de apenas 16 anos, já tinha um fusca e um violão. O pai dava. O problema é que ele tinha de sair do país. A barra pesara demais para o lado dele. Ele e a nova mulher iriam para o exterior, destino ainda ignorado. Daniel admirava muito o pai e queria ser um advogado tão brilhante e idealista quanto ele

Pegou o telefone, falou com Cristina, que a princípio não topou, dizendo que *tava dura*, mas Lúcia disse que emprestaria o dinheiro. Depois combinou o programa com os novos amigos.

O carro estava superlotado. Jaques e as Terezinhas pegaram carona no Corcel II verde de Daniel. O jipe de Luís Carlos também veio cheio. Luís deu carona para Chico, George e Sônia. Lúcia e Cristina, como eram vizinhas do teatro Princesa Isabel, tinham combinado de se encontrarem na porta.

Como de costume, Daniel chegou atrasado, dando um jeito de sentar-se ao lado de Cristina.

A peça realmente era ótima. Lúcia saiu empolgada:

– Quero comprar um livro de poesias de Castro Alves agora! – exigia.

– Calma, guria! – pedia George. – Vamos esticar primeiro, um chopinho gelado...

– Agora! Quero já! – dizia Lúcia com firmeza.

Luís Carlos rapidamente se prontificou a satisfazer seu desejo. Todos se encontrariam no Veloso.

Apesar do papo animado no carro, Daniel tinha plena consciência das pernas de Cristina ao seu lado. Três no banco da frente facilitara tudo, e a cada mudança de marcha, obrigatoriamente as pernas de Cristina eram tocadas. Aquilo fazia com que seu estômago se contraísse. Cristina parecia achar tudo natural, conseqüência da lotação exagerada do carro, não demonstrava nenhum constrangimento e justificava a atitude impulsiva da amiga:

– A Lúcia é assim mesmo, gente. Imagine que foi assim de uma hora para outra que ela decidiu largar o colégio e vir para o curso. Sempre se deu bem nos estudos, é fera mesmo. A doida faz ioga, belas-artes, inglês e francês. Como ela consegue eu não sei. Só sei que entrou numa que não precisava de cursinho, cursinho era coisa pra burguês, coisa e tal. Daí, bicho, no meio da aula de filosofia se levantou e se mandou. Se ela entrou numa que quer o livro do Castro Alves agora, podes crer que enquanto não descolar um não sossega. Coitado do Luís Carlos! Vai gastar muita gasosa procurando livraria aberta e o tal do livro!

– É superválido – opinou Tetê. – A Lúcia deve ser genial...

– Se é genial eu não sei, mas vou ficar sabendo. Conheço faz *time* essa minha amiga, sempre há algo por trás de seus impulsos...

Daniel ouvia, mas precisava se concentrar na direção. As pernas morenas de Cristina só lhe permitiam pensar: "Viva Mary Quant!"

No Veloso, depois de juntarem mesas, pedirem *pizza* e chope, conversaram sobre a peça. Colocar Castro Alves em um programa de auditório pareceu a todos uma idéia genial.

– Curti demais – dizia Teca –, mas minha peça preferida continua sendo *Hoje é dia de rock*.

– Ouvi dizer que o Zé Wilker está pensando em produzir uma peça.

– Ele é o máximo! Um pãozaço!

– Você acha, Teca? – disse Sônia. – Pois eu acho que ele tem cara de maluco.

Já estavam servidos quando o resto do pessoal chegou. Lúcia trazia uma edição de bolso de *Espumas flutuantes* e um sorriso largo.

– Por falar em espuma, um chope! Mas sem colarinho!
– Chope!
– Chope!
– Chope!
– Guaraná!
– Ah, Lúcia, qualé? Rompeu a corrente? – reclamou Jaques.

– Espantou-se, senhor? Pois ainda não viram nada! Meus novíssimos amigos: fiquem sabendo que hoje é um dia especial. Meus pais viajaram, por isso posso esticar e não tenho hora para voltar. Senão, horário de Cinderela!

– A coroa é tão brava assim? – quis saber Luís Carlos.

– Ela é toda preocupada. Fica lendo jornal, vendo os retratos que publicam de moças desaparecidas e fica cheia de grilo na cuca. Eu já disse mais de mil vezes que essas moças *querem* desaparecer, mas não adianta. Daí não dorme enquanto eu não chego e fica me enchendo para eu voltar cedo. E eu, cedo!

– Que saco, né? – disse Sônia. – A minha tem a maior confiança, não tá nem aí!

– Que bom pra você, minha mãe é superpreocupada. Agora, então, com o seqüestro daquele menino, quatrocentos mil de resgate, nossa! Piorou!

– Em suma – decretou Daniel –, sua mãe não tá com nada! Um brinde a isso!

O garçom já trazia os pedidos e as bolachas de papelão eram em-

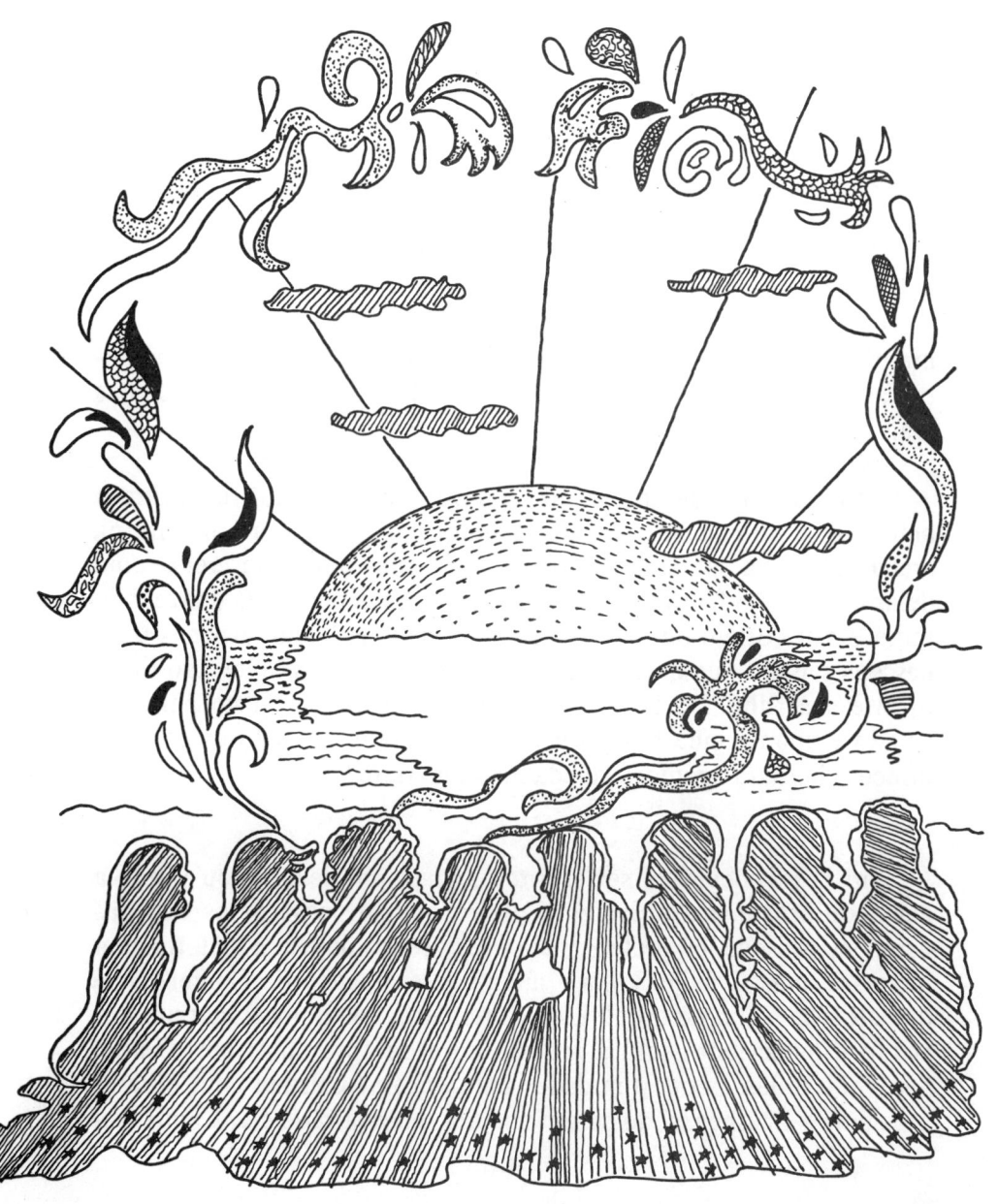

pilhadas. Sônia logo propôs um concurso de malabarismo com as bolachas e Lúcia foi a vencedora. Diziam que não era justo, ela não bebia, era a única totalmente sóbria. Mesmo assim aplaudiram sua habilidade nomeando-a "viradora oficial de bolachas".
Chico, de repente, começou uma história:
– Era uma vez um reino bárbaro...
Todos pararam de falar, dando atenção a Chico.
– Este reino era governado por um terrível tirano. Todos os problemas do reino eram resolvidos na arena, pela sorte. Tigres famintos esperavam ansiosos os discordantes do rei. Porém...
– Ai!, porém! – cantaram em coro os ouvintes, mas Chico não se deixou abater, sorriu e continuou sua história.
– Porém a filha do rei estava apaixonada. Por quem? Por um pobre plebeu, um reles camponês. Apaixonadíssima! Os dois se encontravam às escondidas e trocavam juras de amor e umas coisinhas mais.
– Que romântico! – exclamou Teca.
– Eis que o soberano, o tal bárbaro, barbaríssimo!, descobre o amor proibido e, como era o costume, coloca o pobre amante na arena! Ele teria sua sorte traçada. Havia duas portas na arena: uma delas escondia o faminto e cruel tigre; a outra, a mais bela donzela do reino e seu cortejo de núpcias, prontos para as bodas. Apenas duas pessoas sabiam que porta levava à dama e que porta levava ao tigre: o rei e sua filha. Na hora exata, a princesa faz um gesto para seu amado e aponta uma das portas. Fica a pergunta: qual das portas a princesa bárbara apontou – da dama ou do tigre?

Ah! O privilégio de ser escritor... como um deus, estou vendo a cena, onipresente e onisciente. Sei o que se passa pelas cabeças daquelas pessoas, ou melhor, pela cuca. Todos ouvem a história com interesse, mas Cristina volta e meia pensa: qualé a do Daniel? Será que ele está a fim de mim? Luís Carlos está louco pra fumar um *baseado* e pensa qual será a melhor hora de apresentar um. Daniel aproveita todas as oportunidades para encarar Cristina com olhares especiais e fica pensando se deveria dar um agarrão nela. Como reagiria? George contava mentalmente o dinheiro que tinha no bolso para saber se daria para pagar a conta. Já Sônia analisava os narizes. Via que a plástica que fizera no seu ficara maravilhosa, acabara tendo um nariz perfeito, e ninguém tinha um nariz perfeito. O de Lúcia tinha um ossinho, o de Cristina era batatudo, o da Teca tinha narinas muito abertas.... Jaques, Jaques, coitado, já não conseguia pensar muita coisa. Estava atordoado com tanta novidade. Saíra de um colégio no interior onde se cantava o Hino Nacional na entrada e na saída, com todos os alunos em forma. O chope começava a fazer sua cabeça dar voltas. Quem visse Lúcia estaria certo de que sua única preocupação era discutir as probabilidades da escolha: a dama ou o tigre? Analisava a época da história, achando muito provável que uma princesa bárbara condenasse seu amante à morte só para evitar que ele se casasse com outra mulher. Empolgada, analisava o amor e a morte, dizendo que certamente um amante preferiria morrer a se ver impedido de ficar com a mulher amada... Mas suas emoções estavam mexidas. Ficara muito impressionada com o ator que interpretara Castro Alves. Não se lembrava do nome, nunca o tinha visto antes. Como trabalhava bem! Como era sensual! Sabia que naquela noite seus sonhos teriam endereço.

A conversa corria fácil. Faziam apostas. Um copo era coberto com papel celofane retirado de um maço de cigarros e uma moeda colocada sobre ele. Queimavam aos poucos o papel com a brasa dos cigarros e quem deixasse a moeda cair deveria declamar um poema em voz alta, de maneira que todos os presentes no bar ouvissem. Contavam piadas e contavam fatos de sua vida a quem estivesse próximo. Falaram sobre o Carnaval e terminaram batucando na mesa *Tengo tengo*. Resolveram que veriam o sol nascer nas pedras do Arpoador, emendando direto a aula de matemática.

No alto das pedras, não estavam sós: alguns pescadores e casais de namorados sobressaíam-se em sombras. Luís Carlos, finalmente, acendeu seu fumo, oferecendo com educação. De mão em mão o fumo passava, sendo recusado apenas por Chico, Sônia, Lúcia e Cristina. O sol começava a nascer. A brisa dava um pouco de frio e Daniel abraçou Cristina sem cerimônia. Cristina gostou do toque. Lúcia e Chico engrenaram um papo sério. Falavam sobre Deus. Esta-

vam absortos, pernas em lótus, apreciando o espetáculo da natureza, quando Jaques quebrou o quase silêncio, anunciando:
– Vou vomitar.

Sônia chegou em casa cheia de sono. Os pais tomavam café da manhã já vestidos para a praia. Sônia nem quis comer, só pensava em cama. Que lençol a esperaria? A mãe ainda lembrou-a de que seu namorado tinha telefonado avisando que chegara. Sônia pediu que não a acordassem, estava morta de sono, nem mesmo se o Alberto ligasse.

Dormiu imediatamente, mas como seu irmão não sabia de nada e os pais continuavam na praia, acordou com Alberto fazendo carinho na sua cabeça.

– Deixa eu escovar os dentes... – foi só o que conseguiu dizer. Tomou banho, lavando os cabelos com cuidado. Ainda secou-os um pouco, enrolando-os em volta da cabeça numa touca, para que ficassem bem lisos. Dispensou o uso do lenço. Já namorava Alberto há quatro anos, tinha intimidade para aparecer de touca ou creme no rosto.

– Até que enfim – reclamou o namorado. – Qual foi a farra de ontem, para você chegar tão tarde?

– Vamos para a cozinha que estou com fome.

Serviu-se apenas de salada e um bife magro. Tinha que cuidar para manter a forma. Na sua casa viviam de regime e depois de tanta *pizza* e chope, uma dieta era indispensável para contrabalançar.

– Fui assistir a uma peça de teatro com o pessoal do cursinho. O primeiro ato foi um estouro, mas o segundo achei chato. Mas todo mundo adorou. Tem uma garota lá no curso, Lúcia é o nome dela, que chegou a comprar um livro do Castro Alves. Pelo menos acho que vai servir para o vestibular.

– E depois?

– Depois fomos ao Veloso, aquele papo furado de sempre. Era uma pá de gente, né? Então quiseram assistir o nascer do sol, eu já tava com sono, mas tava de carona. Daí, um cara lá do cursinho, um crioulo alto, gente fina mas doidão, apareceu com uma maconha. O pessoal fumou, arg! um fedor! Prefiro o meu Hollywood. Mas tem um cara gordo, o nome dele é Jaques, ele é do interior, já tinha enchido a cara de chope e se meteu a puxar fumo, era a primeira vez. Ih! passou mal, vomitou, deu o maior vexame. Daí o programa furou, tiveram que cuidar do Jaques, que chorava, a maior doideira, curar a onda pra deixar ele em casa. Foram para um botequim tomar café e depois disseram que iam direto pra aula. Eu hein! Eu só queria cama!

— Engraçado, lá na faculdade aconteceu a mesma coisa essa semana...

— E o que vamos fazer hoje?

— Eu estava pensando em irmos ao *show* da Elis...

— Ela é muito doida, né? Ela leva o filho para o *show*!

— É? Deve ser legal. Mas ando por fora, só faço estudar. Medicina é fogo!

— Se você quisesse, aposto que papai dava um jeito de conseguir sua transferência para o Rio, daí você ia descansar mais.

— Não. De jeito nenhum. Você não sabe como são as coisas numa faculdade. Quando alguém tem prestígio junto a militar, o cara tá frito!

— Ah!, esqueci, tenho um professor que é comunista. Você precisa ver as coisas que ele fala! Ouvi dizer que ele já foi preso. Quando ele começa a falar demais não quero nem saber: me mando. Pô, já não gosto de estudar e ainda interrompem a aula pra falar de política! Eu acho um absurdo e um saco.

— É melhor você ficar na sua mesmo.

— Então, liga pro teatro e faz reserva. Será que seu primo vai querer ir também?

Já no saguão, Sônia vê Lúcia entrando de mãos dadas com um rapaz.

— Olha lá, Alberto! Tá vendo aquela garota de cabelo comprido, ali com aquele cara de blusa lacoste azul? É a Lúcia, do cursinho, é a tal que comprou o livro!

Gritando o nome de Lúcia, Sônia se aproxima sorrindo. Apresenta o namorado e percebe que o crucifixo que Lúcia costuma trazer no pescoço é igual ao do rapaz que está com ela.
— Ih! Ele tem uma cruz igual à sua!
— É que nós somos encontristas — explicou Pedro.
— Encontrista? O que é isso?
— É um grupo religioso, católico — explicou Lúcia. — Fiz Encontro ano passado e o Pedro é dirigente. Nós estamos no mesmo grupo de estudo.
— Estudar mais ainda? Como você agüenta? — quis saber Sônia com cara de desespero.
— É uma forma de estudo mais gratificante que a do vestibular, te garanto. A gente se reúne uma vez por semana na casa de alguém do grupo e debatemos um assunto controvertido sob a luz do Evangelho.
— E sempre acaba em festa, não é? — acrescentou Alberto. — Eu conheci uma garota que fez Encontro. Ela me disse que as reuniões eram ótimas, um lanchinho, música...
— Mais ou menos — disse Pedro com seriedade. — O objetivo da reunião é o aprofundamento no cristianismo, mas o social faz parte.
— Tem um cara lá da faculdade que fez TLC. É a mesma coisa?
— É. Cursilho, Encontro, TLC, todos eles possuem a mesma estrutura e objetivo.
— TLC? — espantou-se Sônia. — Eu já tinha ouvido falar nisso, mas pensei que fosse alguma sigla comunista!
Todos começaram a rir. Sônia contou que telefonara para uma conhecida e que ela estava numa reunião do TLC. Daí ela desligou rapidinho achando que realmente se tratava de alguma atividade clandestina.
— Eu morro de medo dessas coisas! — disse por fim.
Lúcia suspirou e concordou:
— Eu também.
As canções de Elis elevaram suas almas. Ao final do *show*, os quatro resolveram prolongar a noite no Drugstore.
Apesar do regime, Sônia pediu sorvete, sendo acompanhada por Lúcia. Esta avisara que tinha conseguido entradas para o *show* do Gil

e já os convidava. Alberto recusou, lembrando que estaria em Vassouras.
— Ele estuda lá porque quer. Eu também queria fazer medicina, mas nunca iria passar.
Pedro, que se preparava para arquitetura e cursava o Vetor, comentou que era um desperdício de talento ter a Lúcia em pedagogia.
— Mas eu curto educação adoidado! Acredito realmente que a educação pode mudar este país. Falta vontade política, além de organização. A reforma do ensino, por exemplo. As escolas não estão preparadas para o ensino profissionalizante. Você acredita que no colégio em que eu estudei, um dos poucos preparados pra reforma, vai haver curso de tradutor-intérprete? Curso de técnico em computação sem computadores! Dá pra acreditar? Agora, no papel é lindo, a gente lê, acha que é isso mesmo e sai acreditando e defendendo.
— Ué? Mas em que você acredita? — perguntou Sônia, recebendo seu sorvete enfeitado com a bandeira norte-americana.
— Você já leu Summerhill? É genial! Eu acredito na liberdade para aprender.
— Por falar em liberdade, Lúcia, já reparou naquela menina que vive dormindo na aula?
— A Rita?
— A *Ripa*, bem riponga, ela. Um dia desses ela entrou se abanando com uma cartela de pílulas, como que só para mostrar que tomava pílula.
— Então ela não é uma *hippie* autêntica — observou Alberto.
— Quem faz realmente o que quer não precisa mostrar para os outros, carregar pílulas como uma bandeira.
— Por falar em bandeira, me dá a sua bandeirinha do sorvete, que eu estou fazendo coleção. Mas eu acho ridículo. Ela é bonita de verdade, loura, olhos claros, um corpo de matar de inveja. Eu acho que cada um faz o que quer, mas não venha me obrigar ou me dar lição sobre a minha vida que eu rodo a baiana!
— Eu acho uma pena este excesso de liberdade irresponsável. Sexo, para mim, é sinônimo de amor.
Alberto fez uma cara engraçada, como se fosse fazer alguma observação em cima da opinião de Pedro, mas olhou para a namora-

da e aparentemente desistiu. Acendeu o cigarro da namorada que já terminara o sorvete e fez alguma pergunta pessoal a Lúcia. Ficaram sabendo que Lúcia e Cristina eram amigas desde os 11 anos de idade, que Cristina tinha terminado recentemente um namoro longo, recheado de beijos e brigas. Pedro, por sua vez, falou de sua escolha profissional, facilitada pelo fato de ser filho de arquiteto.

– O engraçado é que na minha turma eu sou o único homem que quer seguir arquitetura. Os homens vão para engenharia mesmo. Já as mulheres abraçam a arquitetura. Em breve viveremos em cidades cor-de-rosa!

– Melhor do que cozinhas cor-de-rosa! – ponderou Sônia. – Eu acho que é fundamental para a mulher o trabalho fora de casa! Deus me livre de ficar dentro de casa!

– Na nossa geração também acho impensável uma mulher ficar fazendo curso espera-marido. Minha mãe é uma mulher atualizada, embora mal tenha terminado o ginásio. Ela está enquadrada na geração dela, mas sinto que, agora que eu cresci, já não preciso mais dela para as fraldas, ela se sente vazia. Tudo bem que o trabalho de casa tome tempo e que ela esteja adaptada, mas fala às vezes umas bobagens! Não deixa eu voltar tarde para casa, diz que homem não gosta de mulher que fuma, e outras infelicidades.

– A minha não tá nem aí! Também ela fuma mais do que eu!

– Os meus pais – disse Pedro – fazem a tradicional discriminação. Eu tenho carro, volto à hora que quiser, mas a minha irmã, que é um ano mais velha do que eu, não pode nem ir ao cinema sozinha com o namorado. Fica difícil conciliar as verdades.

– Tá vendo só? Dizem que *milico* é quadrado, e quem tem os pais mais pra-frente sou eu! – riu Sônia. – Levem seus pais para fazerem um estágio com os meus! Quem quer transar, transa de dia, de noite, na escada, no elevador, não vai ser a hora que vai proibir. A gente só faz mesmo aquilo que quer!

– Não sei se é tão simples assim – falou Lúcia, pensativa.

Ministro do Planejamento disse que não está estudando pessoalmente nenhum plano visando a fusão da Guanabara

— Chico! Acorda, meu filho! Vai perder a hora do curso!
Chico deu um pulo. A mãe ria:
— Primeiro-de-abril! Pode ir com calma, te acordei uma hora antes...
A mãe saiu rindo para a cozinha. Chico já sabia que teria de se cuidar, pois certamente encontraria sal no açucareiro, o leite estaria azedo e outras brincadeiras que a mãe costumava aprontar, rindo como uma criança. Preparado para o que desse e viesse, espreguiçou-se. Sábado era um dia terrível para se ir à aula. Teria aula de biologia e matemática. Ouvia o riso da mãe, havia trocado o tubo de pasta de dentes por um tubo de pomada e o pai acabara de provar a troca. Pensou em faltar à aula; dormira mal, cheio de sonhos perturbadores. Rolara na cama sem posição, pensando em Teca. Ela o assustava. Tinham passado a última semana juntos, cada minuto, um na companhia do outro. Foram à praia, coisa a que ele não era muito chegado, compraram ovos de Páscoa para os sobrinhos dela, comemoração burguesa demais para seus conceitos, conversaram sobre política numa irmandade de alma. Mas Teca era totalmente a favor do amor livre. Contara com naturalidade que fizera amor numa praia com um motorista de caminhão que oferecera uma carona numa viagem à Bahia. Segundo ela, todos doidões, e isto era coisa que Chico não conseguia aceitar. Para ele, fumo era coisa da direita, uma forma de

alienação, fuga da realidade. Teca discordava radicalmente. Fumo não era fuga, curtição: era um veículo para o autoconhecimento. Ela dissera isto colando as estrelinhas na bochecha, o que o encheu de ternura. Como poderia se apaixonar assim? Ele sempre sonhara com um amor total, uma companheira de luta, mas estava totalmente apaixonado por Teca. Desde o primeiro dia em que a vira, sentira uma atração mais forte do que sonhara possível. Não, não queria ir à aula, mas estar lá significaria que poderia estar com Teca e talvez estudassem juntos, ou fizessem qualquer coisa juntos.

Sua mãe, se soubesse, ficaria feliz. Como nunca havia namorado, Chico sentia nos olhares e nas indiretas que a mãe lhe dirigia uma desconfiança a respeito de sua sexualidade. Não, mãe, não sou bicha, tinha vontade de dizer e acalmar seu coração, apenas espero o verdadeiro amor.

Abriu o jornal; aliás, tentou abrir, pois sua mãe tinha colado as páginas e já ria da cozinha. O irmão menor acordava reclamando que não conseguia abrir a porta do armário e já ouvia a gargalhada da mãe anunciando o primeiro-de-abril. Logo foi a vez das risadas do irmão, que ao ver a mãe procurando os óculos, com uma cara de dar dó, avisou que infelizmente os quebrara na véspera, sem querer, sentando em cima.

No curso, uma decepção. Teca não comparecera. Aproveitou para conversar com tia Vera, tomando seu excelente cafezinho. A sala estava bastante vazia. Pegou os cigarros de sua bolsa a tiracolo, ajeitando os bigodes. Rita logo pediu as *vinte* e, de repente, disse:

— Tive uma idéia: todo mundo me dá um cruzeiro. Sabe, é que vou fazer um aborto.

Chico disse que não tinha; Jaques, de boca aberta, tirou logo cinco cruzeiros. Lúcia avisou que aborto era contra seus princípios cristãos, mas Tetê, cheia de pena, deu cinqüenta centavos, pedindo desculpas por estar dura. Rita saiu toda contente, desistindo da aula de matemática.

— Vamos lá — dizia o professor —, a minha matéria é geometria. Vai vir um outro colega para aritmética.

Jaques, ao ver que o professor começava a escrever algo no quadro, perguntou com sua voz grossa e forte sotaque:

— Mestre, copia?
— Vou te jogar pela janela pra ver se pia! Preste atenção, sua besta!

A turma caiu na pele do pobre Jaques, já vermelho como uma bandeira de esquerda.

Ao final da aula, Chico convidou Lúcia para estudar, mas Lúcia explicou que não teria muito tempo disponível, pois todos os sábados ia à missa das seis.

— Continuo não te entendendo, menina. Como você pode acreditar em Deus, principalmente em um Deus bom e justo, com tanta miséria e desigualdade?

— Fé é uma certeza acima da necessidade de provas. Também vejo esta desigualdade que não entendo. Não me peça uma teoria que explique por que logo eu fui nascer em uma família decente e confortável, sem nada ter feito para merecer isto, e por que outras pessoas tão merecedoras quanto eu tiveram outro destino. Sou pequena demais para compreender os caminhos divinos, mas, por outro lado, vejo a natureza, a beleza das cores e dos corações especiais.

— Como é que um cara que passa fome no Nordeste pode escolher ter um coração especial? Enquanto houver capitalismo, um miserável vai nascer e morrer miserável, iludido por uma fé de felicidade após a morte.

— Fala baixo, Chico, fala baixo. Olha, amanhã vou dar as boas-vindas a um grupo de cursilhistas, e quem vai recebê-los é o Jô Soares. Não tá a fim de ir?

Lúcia falava isso e fazia uma cara engraçada. Emendou pedindo que descesse com ela. Despediu-se dos amigos e puxou Chico pela mão. Mudava de assunto de uma hora para outra. Apenas quando se encontravam a três quarteirões de distância, explicou:

— Chico, você tem que tomar cuidado com o quê e com quem fala.

— Eu sei disso, sei que você pensa de forma diferente de mim, mas sei que posso confiar em você.

— Não é sobre mim que estou falando, bicho! Sabe aquela garota morena, nova no curso, que parece ter uns vinte e poucos anos? Hoje ela estava de vestido branco, sabe quem é?

— Não reparei.
— Pois passe a reparar. Sônia comentou comigo, e a gente acha que ela é do Dops.
— Isso é um absurdo! Eu sei que em faculdade agente disfarçado é arroz de festa, mas em cursinho pré-vestibular? A gente precisa fazer alguma coisa! Liberdade de expressão é essencial!
— É — disse Lúcia rindo. — Vai falar em liberdade de expressão em seus países queridos...
— Sou um democrata, não sou comunista, embora compreenda os caminhos escolhidos por esses países que você chama de meus queridos. Sou é contra essa ditadura de direita, contra a tortura, sou um democrata, pô!
— Tenta explicar no xadrez, tenta. É melhor acalmar, falar mais baixo e, tenho uma idéia, almoça lá em casa hoje!
— Claro! Hoje é primeiro-de-abril e a velha se amarra em pregar peças. Hoje deve ter nhoque cru no almoço!

Em breve chegavam à vila onde Lúcia morava. Casa antiga, pé-direito alto, um piano na sala, móveis em decapê com um grande samovar de prata. Após o almoço, Chico sentiu-se mais à vontade, subindo para o quarto da colega. A decoração era bem mais descontraída; as estantes construídas com caixas-d'água coloridas estavam repletas de livros: *O apanhador no campo de centeio*, *Cem anos de solidão*, *Liberdade para aprender*, *Arte nos séculos* completa e toda a obra de Hermann Hesse. Os olhos de Chico continuavam a passear pelos livros, encontrando uma boa biblioteca sobre assuntos de psicologia e educação, além de alguma ficção científica e o inevitável *Meu pé de laranja lima*. Além das estantes, o que sobrava de parede era tomado por *posters* e telas de fortes cores.
— Interessantes... são seus?
— São alguns dos meus primeiros trabalhos. Cansei de tela, tenho trabalhado mais sobre papel. Estou querendo começar um curso de gravura, mas cadê tempo?
— E o violão? Você toca?
Lúcia riu:

— Não tenho controle motor. Já até tentei, mas é impossível. Prefiro apreciar música, sou boa ouvinte. É prático ter um violão: este é o *Fred*.

Lúcia explicou que tinha o costume de batizar os objetos: o violão era *Fred*, a cama *Marquesa de Santos*, a bolsa de barbante era a *Filomena* e assim por diante.

Chico também se interessou pelos cartazes americanos. Mais uma vez, Lúcia satisfez sua curiosidade, contando que havia participado de um intercâmbio, morando nos Estados Unidos por seis meses.

— Então você já viu televisão em cores!

— Claro! Aprendi inglês de tanto ver televisão. É bárbaro saber a voz original dos seriados.

— Eu só vi, aliás, entrevi, este ano. Fiquei na frente da Sears junto com um monte de curiosos. Agora eu entendo sua paixão pela América.

— Bicho, eu sou cristã! Quer algo mais socialista do que o cristianismo?

— Quero! Não foi Cristo que afirmou que "pobres sempre hão de existir"? Eu tô noutra!

— Parabéns! Gostei de ver! Um marxista que conhece o Evangelho!

— Este é um papo longo... Acho melhor a gente engrenar em algum estudo, se bem que não estou com a mínima vontade de estudar. Que tal lermos poesias?

— Jóia! Por falar nisso, você sabia que a Teca escreve poesia?

Chico sentiu o sangue subir e Lúcia riu:

— Você tá paquerando ela, acertei?

Chico deu um sorriso de lado, abriu o livro de Drummond e começou a leitura de 'Quadrilha'.

Ora, é tão fácil perceber quando alguém está apaixonado... Se a paixão ainda engatinha, ainda promete, o olhar escorrega, a respiração acelera, pisa-se em nuvens. Se é paixão correspondida, aí é festa no céu, é sorte na loteria, é graça e riso e ternura. Mas, se é caso de amor complicado...

*Deitada na cama
viro para um lado
desviro
O dormir não vem
o corpo pede sono
a mente sonha acesa
digo o que devia ter dito
sonho o que deverei dizer
faço o que amanhã será inútil
Nada.
Os olhos ardem
Numa decisão, acendo um cigarro
A responsabilidade do amanhã
impõe-me cem quilos
O corpo pede noite e amor
os olhos ardem
lápis escorrega cansado
e este tique-taque lembrando-me que ainda vou viver.
Luz apagada
conto carneiros e desejos
faço ioga e atos de heroísmo
sou aplaudida
e uma carícia telefônica
rascante de beijos e bigodes
incorpora-se ao despertador
Acordada,
desejos e castelos pegam no sono
cedendo lugar a pasta de dentes e café com leite
e um palpite:
camelo na cabeça.*

Teca releu o que acabara de escrever. Gostou. Ainda ficou pensando no sonho maluco que tivera. Chico? Como poderia? Ele era tudo o que nunca quisera. Careta, sério, sério demais. Mas vai, conta isto para o seu corpo. Sentia que estava mudada. Aquela semana de convivência com Chico fizera com que seu pensamento descansasse sempre em seu rosto sério de bigodes. "O homem atrás do bigode é sério, simples e forte..." Sábio Drummond!

Ô coisa maluca esse tal de coração! Desanda a escolher objetos de paixão e nem ao menos se digna consultar a cabeça! Tinha chegado até a faltar à aula propositalmente, só para adiar o encontro! Os amigos programavam um acampamento para a Páscoa e ela não topara! Tudo estava ficando muito esquisito. E agora esse sonho! Os cabelos de Chico eram macios no sonho... Fechou o caderno, seu querido *malandro*, tentando fechar nele a vontade de beijar e continuar no sonho. Seu caderno encapado com uma saia de sianinhas era quem sabia de tudo. Nele estavam seu mundo e suas dúvidas. Às vezes sentia vergonha de algumas coisas escritas, achava-as tolas, infantis. Mas agora estava tomando coragem: mostrara alguns poemas para o professor de literatura. Ele havia gostado, mas dissera que precisava trabalhar mais no estilo, preferindo os poemas concretos e aconselhando-a a retirar o *eu* dos textos. Teca aceitara algumas das críticas, baseando-se nelas para a seleção dos poemas, que foram entregues a um amigo que pertencia a um grupo de poetas de mimeógrafo e os venderia nas filas de teatro e cinema.

Mas tanto o amor quanto a poesia tinham que ser adiados, agora era hora de ir para o cursinho e nada mais. Colocou uma saia longa de cintura baixa, sandálias de couro cru e uma túnica branca. No elevador cumprimentou uma colega vestida toda de couro e boné. Superestranha aquela menina. Usava *pancake*, batom rosa, cílios postiços de manhã e alisava o cabelo. Muito estranho...

O dono do curso pediu atenção: o Cesgranrio já determinara as matérias do vestibular de 1973, na área dela não cairia matemática. O dia começara bem.

– Escreve aí! – já gritava o professor de português, despejando conceitos sobre classificação de orações.

Teca não desviou os olhos do quadro. Sabia que Chico estava no fundo da sala, caladão. Entre a aula de português e a de inglês, Sônia, ao seu lado, cochichou:

– Teca, você perdeu! Sabe aquela garota de boné? Imagina que ela desmaiou no meio da aula do Gustavo. Daí os meninos tiveram

que ajudar o Gustavo, carregando ela no colo. *Ni qui* seguraram, a 'desmaiada' reclamou: "Cuidado com meu cabelo!"
— Jura?
— Ela certamente tá paquerando o Gustavo, fingiu que desmaiava só pra ele a carregar no colo!
— O Gustavo? Taí, nada mais me surpreende. O tipo do Gustavo não combina com o de uma cocota como ela. Eu paro mais na do Euclides, com aquela barba...
— Mas o Gustavo é solteiro e o Euclides não.
— E daí?
— Cruz-credo, Teca! Você exagera! Homem casado nem pensar! Já acho uma pouca-vergonha quem tem namorada firme e fica paquerando, imagine um casado!
— Pois eu já transei com um cara casado e foi muito bom.
— Você é louca! E se a mulher dele soubesse e matasse você?
— Ela sabia! Só que na hora ela tava transando com o analista dela.
Teca riu para si. Era mentira, mas ela adorava horrorizar a Sônia. Os olhos cresciam e a voz esganiçava. Era tão fácil deixá-la horrorizada, que Teca não resistia. E na verdade, não achava nada demais mesmo.
No intervalo, a turma desceu para a lanchonete. Lúcia comentava o Oscar que a Jane Fonda tinha ganho, merecido, dizia.
— A Jane Fonda é meu ídolo. É na dela, bonita, talentosa, inteligente e politizada. Gente, eu morei nos Estados Unidos, podem crer no que eu digo, vocês têm que ver a loucura que a guerra está fazendo na cabeça dos americanos. É uma terra muito louca. Na escola, os alunos estavam sempre preparando protestos contra a guerra. Todos temem a convocação, o pavor de *be draft*. Daí eu achar a Jane Fonda super! Um artista digno faz isso, usa a sua celebridade como porta-voz dos anseios de paz e justiça!
— Tudo bem, Lu, concordo em gênero e número. Mas meu ídolo é a Leila Diniz. Mulher de país subdesenvolvido, corajosa como o diabo! Também faz uso da fama em prol do povo, da maneira que deixam. Desfila de pé no chão na avenida e não embonecada sobre um carro; ali, junto do povão, mostrando que tudo é a mesma coisa. Sem

contar com a coragem de ser mulher, mostrar a barrigona, linda coisa é ser mãe! E ainda teve coragem de ser vedete! Ela é demais!

— Pois o meu ídolo é o Chico Buarque — intrometeu-se Chico, que bebia as palavras de Teca. — Ele é gênio, além de ter um nome lindo, claro!

— E o seu, Daniel? — quis saber Cristina. — Qual é o seu ídolo? Seu pai não vale!

— Boba! É o John Lennon, claro! *"Imagine all the people, living life in peace!"* — começou a cantar, sendo seguido por todos, aos berros.

— Eta gente desafinada! — reclamou Luís Carlos. — Se alguém está interessado, o meu ídolo é Martin Luther King, e tenho dito!

— "Sim, sou negro de cor, meu irmão de minha cor..." — começou a cantar Tetê, e todos engrossaram o coro do *lá-lá-lá*.

— É isso aí! *Black power, brother!*

— Pois eu tava crente que seu ídolo era o Jimi Hendrix, você é a cara dele! — observou Sônia. — Eu não tenho ídolo nenhum mas não perco nenhum filme do Alain Delon!

Todos aplaudiram e assobiaram. A Sônia não tinha jeito. Tetê foi em defesa dela:

— A Sônia está certa: nem sempre vale a pena ter ídolos, e depois, aqui pra nós, o Alain Delon é perfeito, não é? Pode não servir para ídolo, mas é digno de admiração. Quer ver quem eu admiro? A Gal Costa. Por sinal, quem tá a fim de ir ao *show*?

— Acho que consigo descolar uns ingressos — avisou Lúcia.

— Então está combinadíssimo!

.

Jaques ouvia aquela conversa encantado. Apressou-se em colocar seu nome na lista de convidados e, a caminho de casa, só pensava nessa história de ídolos. Nunca havia parado para pensar em nada semelhante. Será que tinha algum? Certamente o Emerson Fittipaldi era um ídolo, não apenas dele mas de toda a sua geração. Um ídolo diferente, tão ídolo quanto a seleção canarinho, Pelé, Tostão, Jairzinho, Carlos Alberto...eta timaço! Mas não era sobre isso que os colegas falavam. Falavam sobre posturas ideológicas e não competências esportivas. Veja só, agora precisava decidir se era de esquerda ou de direita. Seus pais sempre votavam na Arena, logo, dois pontos, eram de direita. Mas, e ele? Ele, Jaques Monteiro, o que ele achava?

O certo é que se sentia totalmente diferente do grupo. Tinham a mesma idade, vestiam roupas semelhantes, tinham até mesmo objetivos parecidos. Mas como pensavam de forma diferente! Por exemplo: Deus. Será que ele acreditava em Deus? Quando criança ia à missa, fizera primeira comunhão, catecismo, conhecía algumas meninas que iam à missa, chegara mesmo a aparecer na missa em busca de alguma paquera. Pensando no assunto, agora, lembra-se de que rezava em véspera de provas sem estudos, um pedido de forças para o além, apaziguando sua ausência nos livros. Era assim sua vida, nunca sentira necessidade de explicações. Ia à escola, brincava de carrinho de rolimã e passava as férias pegando jacaré nas praias cariocas. Depois, já mais velho, o divertimento era tomar porre, todos os fins de semana, num boteco no meio da estrada e voltar para casa, bêbado, fazendo xixi na estrada em desenhos ziguezague. Política? Deus? Nixon na China? Nada disso era importante, nada minguava as bebedeiras de sexta-feira. A Copa de 70 sim, aquilo foi importante! Todos na casa do Pascoal, que tinha a TV maior. Imagine a de 74! Transmissão em cores! Parece um sonho! Agora, McLuhan? Que diabo era aquilo? Na véspera, havia escutado alguns colegas discutindo McLuhan como se fosse um personagem de telenovela, de tanto que sabiam sobre ele. Lúcia era a mais empolgada, falava em coisas como *Aldeia global*, importância dos meios de comunicação e seus reflexos na educação. Pelo que ele, Jaques, entendeu, Daniel discordava, dizia que era uma *falácia*, que McLuhan usava frases de efeito e comparava o bambolê com um vestuário, e mais outras coisas que deixaram Jaques boiando. Ih, não entendeu nada! Tudo bem, ele não era lá muito chegado a ler jornais, a não ser o *Jornal dos Sports* e uma olhadela nas bobagens que o *Pasquim* publicava.

O almoço estava na mesa. Sua tia era um amor. Estava sempre preocupada com seu bem-estar. Jaques comeu e repetiu, o que para a tia era uma prova de amor. Ela ficava olhando, esperando que ele elogiasse a comida, e ele o fazia por costume e por sinceridade.

Sabia que depois do almoço iria dormir, ver televisão, talvez mais tarde procurasse os amigos de sua cidade que também estavam estudando no Rio. O encontro deles sempre era divertido. Aí sim, aí estava em casa, relaxado. Sempre riam muito, bobeira pura. Sentia que eram parecidos, com exceção do Evandro que gostava de aparentar outra coisa, sabe-se lá o quê. Toda vez que se encontravam, Jaques tinha idêntica sensação: Evandro começava com umas conversas formais, bestas, falando de dinheiro, esquisito mesmo, mas, dali a vinte minutos de palhaçada com o grupo, ele esquecia o tipo que estava fazendo e relaxava, voltava a ser o mesmo Evandro de sempre.

Seus amigos moravam sozinhos, tinham alugado um apartamento, o que era ótimo. Jogavam pôquer, tomavam cerveja e saíam para paquerar. Jaques sentia falta de suas idas ao Barracão, nome da zona de sua cidade. Prostitutas amigas, carinhosas e saudáveis. Sentia falta de suas namoradinhas, sempre estava com alguma encaminhada, pois mesmo não sendo bonito, dançava bem, coisa que fazia falta nas domingueiras do clube. Todas legais, tanto que nunca perdiam totalmente a amizade depois de terminado o namoro. Só que nunca tinha tido coragem de pedir Catarina em namoro. Ela era uns três anos mais velha do que ele e tão bonita que certamente recusaria, e aí ele perderia a esperança para sempre. Catarina era a mulher dos seus sonhos e era lá que deveria ficar.

Um de seus amigos já estava namorando uma carioca e estava apaixonadíssimo. Às vezes, quando Jaques aparecia, encontrava um lenço vermelho amarrado na porta, sinal de que a garota estava lá e não queriam ser interrompidos. Devia ser legal ir pra cama com quem se gostava... Mas Jaques ainda não tinha sentido nenhuma vontade de namorar alguém do Rio. Claro, havia a Marlise, uma lourinha boazuda do Passo. Uma cara de anjo num corpaço! Feminina, meiguinha mesmo, mas ela já tinha um namorado, um Puma vermelho com um plástico atrás escrito: "Engenharia PUC". Não dava pra competir.

O melhor era amarrar um bode, dormir!

A geração da TV não utiliza mais que uma dezena de palavras
McLuhan

Por mais que George procurasse uma posição confortável, não conseguia dormir. Seu pensamento estava em Estela, seu jeito, seu sorriso, seus problemas. Como fora se meter numa enrascada dessas? Sabia como, e era tão bom lembrar! Seu aniversário de 18 anos, comemoração no Bar Lagoa. A mesa fazia uma farra daquelas de deixar os garçons com raiva. Comemoravam tudo: o aniversário, o passar de ano, a liberação do serviço militar. Presentes os amigos mais chegados, poucos, pois George, com sua aparência e gostos bizarros, possuía um seleto grupo de amigos também bizarros. Ele se lembrava bem, foi Raul o responsável pelo surgimento de Estela em sua vida. Raul tinha se levantado, levantado o copo e dito em voz alta:

– Atenção, senhoritas presentes! Este é o George, o aniversariante: dezoito aninhos e virgem!

George sentiu que ficava vermelho tornando sua aparência ainda mais estranha, mas o *amigo* implacável continuava:

– Vejam, bondosas, caridosas senhoritas, o rapaz, além de virgem, nunca provou as delícias de um beijo! Um beijo verdadeiro, de amor e paixão. Não haverá aqui presente nenhuma alma caridosa pronta a realizar o sonho deste rapaz?

Neste ponto, Estela surgiu, cabelos e dentes que se diziam prontos, perguntando quem era o *pobrezinho*. "Escolha pela cor" foi a resposta de Raul.

– Então vamos comemorar os dois. Também é meu aniversário. Só que, infelizmente, faço trinta e um.

Dizendo isso, Estela encostou seus lábios nos de George, sob uma salva de palmas e assobios. Suas amigas também se aproximaram, e as mesas foram unidas. Logo George descobriu que Estela, além de sagitariana, era casada e tinha uma filha de cinco anos, Ana Paula, que estava na casa da avó. Seu marido era engenheiro civil e raramente estava em casa, vivia mais na estrada.

Soube que Estela era professora de inglês, soube que Estela morara na Inglaterra, soube que Estela era linda. Estela soube que George queria fazer vestibular para economia, soube que ele trabalhava como perfurador de cartões, por pouco tempo, já que o vestibular o chamava. Estela soube que George sabia de cor todas as músicas dos

Beatles, colecionava seus álbuns e, embora tivesse alguns comprados na Inglaterra, estava interessada em gravá-los, tirar as letras para suas aulas. Assim, Estela pegou o telefone de George.

George ainda dormia quando o telefone tocou. Graças a Deus ele mesmo atendera. Não saberia como explicar à mãe o que uma mulher casada queria com ele. Claro que o dia da explicação chegou e a mãe não engoliu. Porém, naquele dia, a coisa mais importante era: meus sonhos se realizaram! Ela é uma mulher especial! Mas, tinha de ser casada? Tudo bem, arrumei uma amiga diferente, ela disse que ia telefonar e telefonou, não ficou na promessa. Se havia alguma coisa que detestava na vida era essa história de "te ligo" e pronto, nunca mais.

Estela foi até a casa de George, em um horário em que a mãe não estava, escolheu os discos e conversaram. Eram férias, George trabalhava apenas na parte da manhã, tinha tempo de sobra. Estela devolveu os discos mais tarde com as letras das músicas. Conversavam por telefone. Eram férias, já disse isso, Estela não estava trabalhando, mas seu marido, sim. Tinham tempo de sobra. George era uma boa companhia para Estela, pelo menos ela assim pensava, um garoto diferente e disponível. Então, foram juntos ao MAM, Ana Paula também foi, viram a exposição de Aloísio Magalhães, Estela ficou encantada com o jogo de imagens e George aprendeu a ficar.

Em duas semanas se viram falando de amor. Dois dias depois, faziam amor. Amor. Isso mesmo. George tentava dizer para si, para ver se acreditava: sou um amante. Mas não tinha coragem. Era mais do que isso, era amor, paixão, desejo, amizade, admiração e discussões intermináveis sobre o futuro deles. Como se amavam!

A cama esquentava. George ligou o ventilador. Um mosquito passou zunindo. Sua cabeça começava a doer. Esta noite, Estela tinha ido com o marido ouvir a Maria Alcina no Number One. Que raiva que dava! Arthur, o homem de bigodes e terno que morava na fotografia da carteira de Estela, estava aos poucos deixando sua dimensão 3 x 4 para assumir o seu metro e oitenta. A estrada já não o exigia tanto.

Tomou duas cafiaspirinas e finalmente conseguiu dormir cheio de pesadelos. Acordou com Luís Carlos ao telefone: oferecia carona para o curso. Topou.

— Pô, bicho, não dá. Leu o jornal hoje? Três filmes nacionais foram censurados! Um "a bem da moral e bons costumes" e outro "por incitar contra o regime vigente, a ordem pública e atrair violência". Dá pra acreditar? Para onde é que vai a cultura desse país? Estão acabando com o cinema nacional! Já não basta esta babaquice de proibirem certos filmes estrangeiros, proíbem a criação brasileira! O pior, bicho, é que tem malandro assim achando que é isso aí, que tem mais que censurar. Mas, qual foi? Tá caladão. Tá na fossa, bicho?

— Tô sim. Até aqui.

— Quer apertar um? Vai ligadão que a fossa já era.

— Não, obrigado, pra mim piora, se tô na fossa, entro numa *badtrip*.

— Tu é esquisitão, mas é cem por cento, podes crer. Fazemos ou não fazemos uma bela dupla *black and white*?

— Luís, você já se apaixonou?

— Claro! Vivo apaixonado! Sem paixão não presto para nada! O que me salva é a paixão, graças a ela eu me viro, ou você acha que ser crioulo é fácil?

— E você acha que ser branco azedo é fácil?

Luís Carlos teve que rir. Nada como ver as coisas por outro ângulo.

— Taí, bicho, branquelo num país tropical em que o quente é ficar peladão no píer não deve ser nada fácil. Mas, pelo menos não pega preconceito brabo, não é barrado em elevador da frente...

— Não, mas já fui barrado tantas vezes no afeto, coisa que um crioulo bonitão como você não é.

— Certo, mas só se for neguinha, ou você acha que tua irmãzinha branquela ia me querer? Rá! aqui tamos como dois babacas medindo quem sofre mais. Bicho, só sei que jogo capoeira desde criancinha, trabalho desde que me entendo por gente, daí a caranga, só este ano resolvi dar um tempo pra encarar o vestiba de frente e mesmo assim descolo uns *free-lances* para a gasolina.

— Engraçado, acho que somos parecidos. Também sempre trabalhei. Meu último emprego foi de perfurador. E você?

45

– *Movies!* Cinema, auxiliar de produção ou outra coisa qualquer. Fotografia, dirigir kombi, tamos aí, sem orgulho. Agora estou me especializando em efeitos especiais. Comecei até a me interessar por computação, acho que essa coisa ainda vai ter muito a ver com o cinema. Daí estar fazendo vestibular para comunicação. Mas, bicho, eu tô com a matraca aberta e você nessa fossa por causa de uma paixão. Vai, abre o coração aqui com o neguinho...

George deu um suspiro, cruzou as mãos atrás da cabeça e olhou pra cima. Luís esperava, sabia que ele ia dizer alguma coisa.

– Posso confiar mesmo em você?

Luís beijou as pontas dos dedos em sinal de juramento.

– Tô gamado por uma mulher casada.

Computador: a máquina acima de qualquer suspeita

TETÊ olhava as mãos machucadas. As peças estavam quase pontas, e seus dedos reclamavam de tanto enrolarem arame. Olhou a produção, contente: brincos, colares, pulseiras, cores que invadiam seus olhos a ponto de confundi-las. A amiga ficara de colocar na sua barraca da feira *hippie*. As peças que deixara em consignação no domingo passado tinham sido todas vendidas.

Para os pais, aquilo era mais uma da filhinha, não levavam a sério. Sua analista é que dava a maior força. Vivia repetindo: "Você é a pessoa mais importante para você, vá ao seu encontro, perceba o que te faz feliz e siga, perceba seus limites e os respeite."

A empregada bateu à porta do ateliê com delicadeza. Avisou que o jantar estava servido, mas ela estava sem fome. Pensou em recusar, mas ainda não se sentia pronta para tanto. Afinal, seus pais davam tamanha importância a essa refeição em família que não custava marcar presença. Lavou as mãos e dirigiu-se à sala de jantar. Os irmãos menores já estavam discutindo sobre as batatas fritas, como sempre. Hoje havia seu prato favorito, hadoque. O gosto do sal levantou um pouco seu ânimo. A copeira avisava que havia um telefonema esperando-a. Pediu licença e foi atender. Era Mário, um colega da antiga escola, convidando-a para uma festa em sua garagem. A recusa já estava na ponta da língua, mas teve uma idéia e aceitou. Cinco minutos depois telefonava para Luís Carlos.

Ainda bem, Luís Carlos, que você é apenas um produto da minha imaginação, senão, te conheço bem, já estaria reclamando, apontando meu preconceito, dizendo que eu tinha "deixado o neguinho pro final". Sem nenhuma originalidade, eu devolveria sua observação com uma citação bíblica: "Os últimos serão os primeiros." E antes que a gente engrene numa conversa sem fim, adianto que para você reservo cumes altíssimos, é só ter paciência. Confesso que você é um personagem querido e difícil, já que nunca tive amigos íntimos negros. Colegas de escola sim, até cheguei a esboçar um romance com um, mas amigo do peito, desses com o qual se divide a alma, não. Tá legal, tá legal, vai Luís, pode me dar uma explicação sociocultural escravagista enorme, eu até ouço, mas fique sabendo que discordo, apenas não pintou. Fique sabendo que a partir deste capítulo sua vida vai sofrer uma grande reviravolta.

Luís aceitou o convite, animado. Curtia Tetê, tinham levado altos papos no Arpoador e também não tinha nada programado. Anotou o endereço com cautela: Vieira Souto. Uau! Essa noite prometia. Pegou a máquina fotográfica, outra cautela. Já sabia que ninguém resiste a um *flash*.

Tetê o esperava à porta do prédio. Entrou no jipe, deu-lhe um beijo nos lábios e explicou o caminho. Mostrou as mãos machucadas e contou sobre suas contas e vidrilhos. No sinal, Luís beijou-lhe as palmas *para passar*. Perguntou se queria um tapinha antes de entrar na festa e Tetê aceitou.

Do lado de fora já se ouvia o som. Luz negra e outras parafernálias faziam com que as paredes brilhassem *slogans* em inglês e margaridas psicodélicas. Os sorrisos e acessórios brancos apresentavam as pessoas. Se o dono da festa se surpreendeu com o acompanhante de Tetê, não deixou perceber. Gritando nos ouvidos, mostrou o local das bebidas e salgados. Luís preparou a máquina, aguardando os acontecimentos. Sentiu que Tetê estava rindo, gostou, apontou sua lente e o *flash* transformou seu rosto em lua cheia. Pegaram copos, beberam, se olhando e rindo. A máquina voltou para sua bolsa e Luís puxou Tetê para a pista de dança. Ele dançava de modo solto e

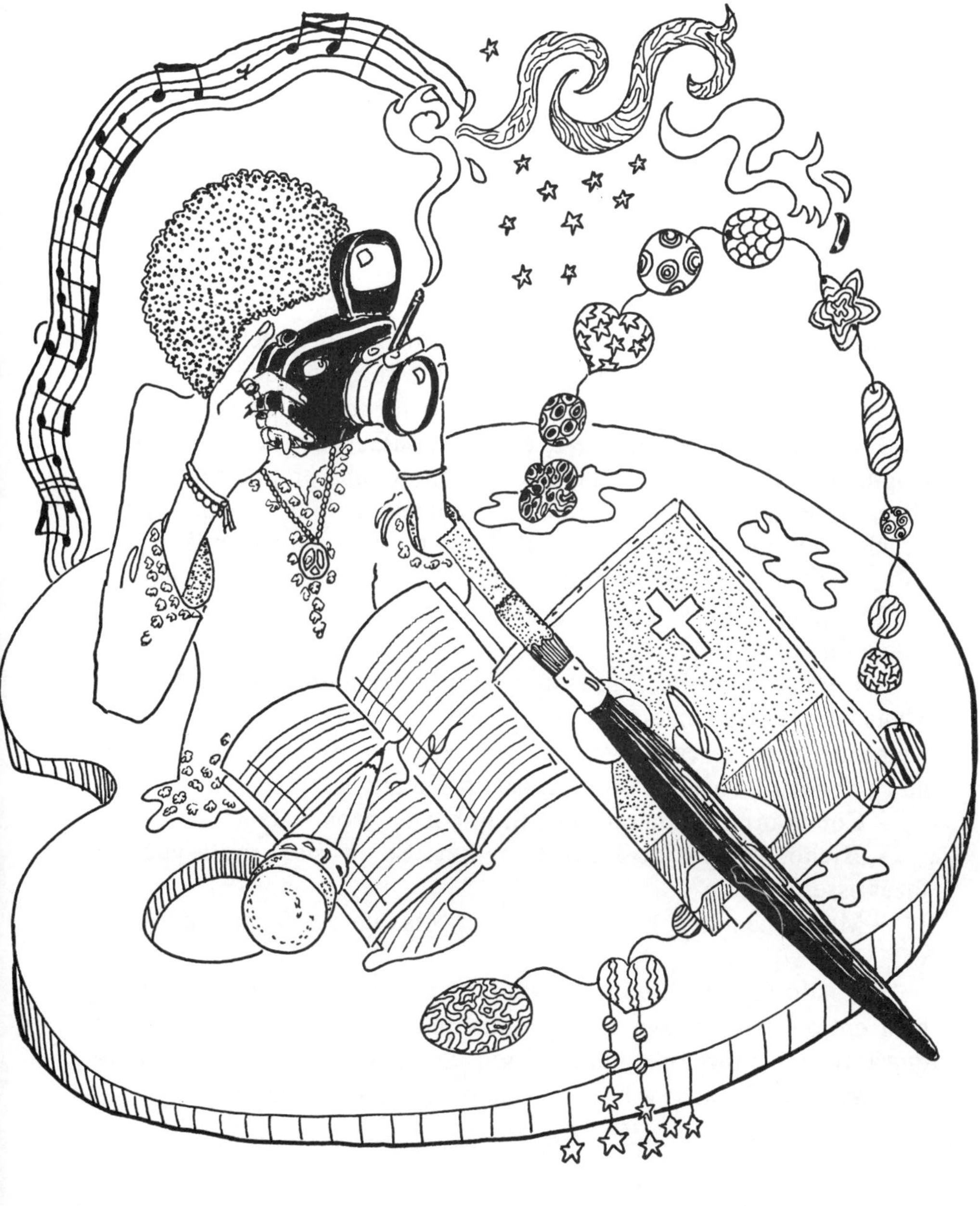

cômico, chamando a atenção dos presentes. Tetê o puxou e lhe deu um beijo na boca, um beijo forte. Luís afastou a menina e saiu com a cabeça latejando. Saiu em direção ao carro. Tetê correu atrás, alcançando-o enquanto procurava a chave.

— Luís! Me espera! O que houve? Não gostou do beijo? — seus olhos, piscando muito, já apresentavam algumas lágrimas.

— Beijo? Você chama aquilo de beijo? Vem cá que eu mostro o que é beijo.

Luís, então, agarrou-a com força, levantou sua blusa. Tetê começou a chorar.

— Você é um porco!
— Todos os negros são!
— Mentira! Os porcos são cor-de-rosa!

Bem que sentiu um sorriso querendo sair, mas não permitiu.

— Quer dizer que a branquinha da Vieira Souto quis chocar os amiguinhos da Hípica, do Country, do Iate, mostrando que se amarrava num negão. Corta essa, guria, eu não vou servir pra você chocar ninguém. Volta pra sua turma, que eu tenho minha própria tribo. Quer chocar o papai? Oh! Minha princesa está namorando um crioulo! Meus netinhos vão ter cabelo sarará! Oh! O que fazer? Vamos mandá-la para a Europa! Quer viajar? Toma um ácido, mas não conta com o negão!

Tetê já não chorava mais. Secou o que restava de lágrimas com o xale e disse:

— Teu autoconceito é uma droga! Eu não preciso chocar ninguém. Meus pais já estão calejados. Se alguém aqui tem preconceito é você. Namoro? Neto de cabelo sarará? Que viagem! Eu agora nem gostar de você gosto! Você me atraiu e pronto. Eu tava curtindo.

— Com a minha cara ou a dos filhinhos de papai?

— Bicho, vai pro divã que é melhor! Se eu fosse preta você ia fazer esse discurso?

— Mas você não é, e é rica. Alguma coisa você está querendo provar...

Dizendo isso, Luís entrou no carro e deu a partida, mas Tetê também entrou. Continuava a falar, dizia que o mundo estava maluco e que Luís era o diretor do manicômio. Se ela o rejeitasse, era porque era preconceituosa; se o beijasse, também era preconceito.

Luís parou o carro e desligou. Parou e ficou olhando Tetê que não parava mais de falar. Foi sentindo uma ternura tão grande por aquela menina franzina, com olhos azuis de estrelinhas em dia nublado que apareciam e desapareciam de tanto que piscavam. Com suavidade puxou-a para seu corpo, beijando-a com carinho. Tetê correspondeu. Foram para o banco de trás e lá mesmo fizeram amor.

```
Dia 15 de maio de 1972
    Estou na maior fossa. O Flávio apareceu,
veio buscar os discos. Aproveitei e devolvi
tudo, até mesmo a camisa Lacoste de risqui-
nha que ele tinha me dado. Ele disfarçou,
fingiu que estava contente, aquele jeito
dele. O chato é que ainda gosto dele. Ele
deve sentir alguma coisa por mim, mas a
Lúcia disse que viu ele no píer com uma
garota de cabelo comprido. Talvez esteja
tentando me esquecer, assim como estou
fazendo com o Daniel. Ainda não aconteceu
nada entre a gente, mas estou sentindo que é
uma questão de dias. É estranho, não esqueci
o Flávio mas quando estou com o Daniel, sei
lá, esqueço. Ele é genial, cuca fresca. Ele
me chamou pra passear de iate um dia desses.
Disse que o barco é de um primo, acho que
vou, só não sei com que roupa. Ih! A chata
da minha irmã chegou!



16 de maio
    Ontem tive de interromper porque chegou
gente em casa. A minha irmã veio com uma
amiga bariri com cara de malandra. Não sei
```

como a Carla arruma tanta gente estranha. Ficaram as duas ouvindo Ravi Shankar um tempão, duas bicho-grilo. Acenderam incenso e ficaram horas em silêncio. Agora a casa está quase vazia, só vovó, o cachorro e a televisão. Essa minha avó não é fácil! Todo mundo na maior dureza e eu descobri escondidas no alto do armário três sacolas cheias de carnê do Baú. Dei a maior bronca nela e a maluca disse que o vendedor afirmou que ela ia ganhar um aparelho de TV em cores. Agora vou ter que esperar esse filho da mãe e obrigá-lo a devolver o dinheiro, senão boto a boca no mundo. Ah, ele que não ouse! Não conhece aqui a Cristina! Se eu enfrento meu pai, não vai ser um golpista safado que vai quebrar meu rebolado. Cada vez mais me convenço de que estou na profissão certa. Eu, diplomada, vou enquadrar todos esses safados!

Bem, daí hoje aconteceu outra coisa. A Lala ligou dizendo que o Flávio tava saindo com a Mila. Aí comecei a juntar uma coisa com a outra: a Lúcia disse que tinha visto ele no píer com uma garota de cabelo comprido, logo, só pode ser a Mila. Bem que na festa do Cacá Batista ela chegou com um papo estranho, pedindo pra ele o telefone, querendo mil coisas, dizendo que queria o endereço da fábrica de camisas e bababau. Mesmo que ele esteja namorando a Mila, alguma coisa sente por mim senão não me chamava de Crica, nome que ele só diz quando está legal comigo. Mas eu vou esquecer ele de vez. Ah, vou!

Meus sonhos são antigos
cheiram a naftalina
como boa menina
os cubro com filó
dizem que ameaçam o 'status quo'
Quando estou só
os encontro
estrelas malvadas
reduziram meus sonhos a pó
mas meus sonhos brilham mais que as estrelas
e, talvez, como mercúrio
suas gotas formem um único corpo
e as falsas estrelas
exclamem OH!

                                                                                                   TECA

Talvez um pouco mais de vermelho... isso, está quase bom. Pinto preces e credos em vermelho, preto, alvíssimo branco e azul-rei. Onde foi que ouvi que essas cores vendem mais? As embalagens de cigarro usam tais cores, como a bandeira americana. Onde é que foi parar a minha saia com a bandeira da Inglaterra? Gente! E o meu relógio? Eu adorava aquele monstro! Mamãe deve ter dado. Ela não perde essa mania de dar as coisas. Está quase pronto. Nunca sei a hora de parar. Meu Deus! Que horas são? Hum.... minhas mãos estão imundas e hoje tenho reunião do Encontro. O Carlos ficou de vir me pegar. Gosto do Carlos mas ele tem algum mistério... O hábito da freira vai ser azul-rei. Não consigo resistir ao amarelo. Acho que o Carlos está a fim de mim. Não sei o que que há com o meu coração. Está tão quietinho... Deve ser o vestibular, deve ser. Aposto que a Cristina vai acabar namorando o Daniel. Deus queira que ela saiba agir dessa vez! Os casaizinhos estão se formando. Chico está cada vez mais gamado pela Teca, só não vê quem não quer. Que horas são? Pô! O relógio está parado de novo! E o Luís e a Tetê? Maior *love*! Engraçado, a Sônia namora aquele cara há tanto tempo, mas eu não sinto que eles se gostem. Acho que eu e a Sônia somos as últimas virgens do Passo. Passo... Legal este nome, passo de passar, passo de caminhar... ou será passo de passar roupa? Chega! Amanhã eu continuo. Tá ficando legal pacas! Deus e arte, só isso. Deus e arte salvam, a arte é eterna e divina. Não importa que vândalos agridam a Pietà. Ela já existe no inconsciente do mundo. Sua beleza incomoda por mostrar como somos pequenos e imundos perante a pureza das formas, a arte é nossa parte divina. Xi! É a buzina do Carlos e eu nem me vesti ainda!

Empréstimo compulsório continua nas contas de luz
para a construção da usina de Sete Quedas

Junho

– UMA COISA que eu gostaria de entender...
– Atenção! – disse Daniel largando a apostila de geografia. – Nossa colega Sônia quer entender alguma coisa!
– Ah, gente, vamos parar de gozações, eu sei que pode ser burrice o que vou dizer, mas não tô nem aí. Não entendo mesmo...

Os amigos riam, mas Sônia continuou imperturbável:
– O salário mínimo aumentou, 'né'? Agora está duzentos e sessenta e oito cruzeiros e oitenta centavos, 'né'?

Daniel correu para o telefone dizendo:
– Rápido! O telefone do namorado dela! Ele é médico, 'né'? Nossa colega está lendo jornal!
– Chato! – reclamou Sônia ameaçando jogar a grossa apostila nele. – Não me importo, eu falo mesmo, sei que nunca li jornal na vida, salvo a coluna social e os quadrinhos, mas agora tenho que ler. E já sei tudo! Pode me perguntar sobre o mar de duzentas milhas que eu respondo!
– Vá, Sônia – disse Teca – não ligue para eles não. Eu e Cristina estamos interessadíssimas na sua dúvida. Vai ver que a gente tem a mesma dúvida, só que como somos geniais temos vergonha de perguntar e perder nossa fama.
– É o seguinte: o salário mínimo aumentou, daí todos os preços vão aumentar e fica essa bola de neve o tempo todo. Por que não param de aumentar o salário e pronto?

Daniel se jogou no sofá:

– Quem está doente agora sou eu!

– Ué? Mas não é? Vá, senhor sabe-tudo, explique pra burrinha da sua colega, então.

– Amiguinha, preste atenção – disse Cristina –, o salário mínimo é muito, mas muito mais mínimo do que seria necessário. Nisso a gente concorda, 'né'? Ele não é a causa da inflação. Se a inflação existe é porque se faz mais papel-moeda do que a riqueza do país, é o governo administrando mal, gastando em transamazônicas da vida à custa do povo.

– Ih! Não gosto desse papo, entra em política que eu saio! Daqui a pouco começam a falar mal dos militares, e não dá. Além disso, acho que a transamazônica vai trazer muito progresso para os seus miseráveis.

– Desisto! Não dá pra falar com a Sônia... – disse Daniel desalentado – vamos voltar para o nosso estudo que é melhor. Pelo menos você compreendeu que o salário do trabalhador não tem nada a ver com a inflação?

– Mais ou menos. Continuo achando que tinham de parar de aumentar tudo. Nos Estados Unidos o dinheiro não muda. Um dólar é sempre um dólar.

– Tudo bem, vamos mudar de assunto. Mas ela falou uma coisa sensata: certamente vai cair alguma questão sobre as duzentas milhas e estou meio por fora. E depois, também acho um saco ler jornal, só tem tragédia.

– Até tu, Brutus? Por falar em jornal, quem tá a fim de pegar uma tela hoje? Estreou um filme fantástico, *Dodeskaden*.

– Doidesca o quê?

– É de um japonês, a crítica está ótima.

– Deus me livre de ver filme japonês! Sabe o que eu estava a fim de fazer? Ver a nova montagem de *Hair*. Tô doida pra ver todo mundo nu.

– Eu já vi – disse Teca. – É genial.

– Pois eu não tinha idade, agora posso mostrar minha carteira de identidade!

– Pois adorei as duas sugestões. Apesar da crítica do *Hair* não estar lá essas coisas, quero ver.

– Eu te levo, princesa. Será que a Lúcia também vai querer ir?

Chico, Luís Carlos e Lúcia viam-se às voltas com inglês. Luís Carlos elogiava a colega:
– Maninha, você é incrível! Estou impressionado! Você devia fazer letras!
– E ser mais uma professora? Não, muito obrigada. Adoro ensinar e até escolhi educação por isso. Mas tenho objetivos mais altos, tenho vontade de mudar o perfil educacional desse país. Essa história de Mobral não me convence.
– Ser professor é uma. Afinal, férias escolares de três meses, e feriados, nada de horário integral, aposentadoria em vinte e cinco anos... Se for professora pública, melhor ainda, é licença-prêmio, maternidade e aqueles três dias mensais de folga...
– Cruz-credo, Luís! Que papo machista! Eu queria que pelo menos um dia na vida homem ficasse menstruado, com tensão pré-menstrual, cólica, enxaqueca, tudo, pra ver se isso é privilégio!
– Tem razão, maninha, me dei mal. Peço desculpas. Nós, negros e mulheres somos minorias oprimidas. Ainda tenho de achar bom não ser mulher. Já imaginou? Que mulatona ia sair?
– Mas, Luís, sinceramente, aqui o preconceito é brabo assim? Nos Estados Unidos eu vi bairros de negros, escolas divididas, mas aqui o nosso rei é o Pelé. Nós temos sangue negro nas veias.
– Pois eu prefiro um racismo explícito, porque, pelo menos, se conhece o inimigo. Nos Estados Unidos um negro ainda tem alguma chance de ascensão social, pode trabalhar na Nasa em qualquer cargo, apesar do preconceito. Aqui, bicho, é lixeiro e olhe lá! Se o preconceito nacional não é explícito, é porque ainda não ameaçamos o mercado de trabalho. Já fui barrado em muitas festas quando pensava como você; agora resolvi assumir a luta de frente, daí ser chato e repetir a mesma lengalenga. Você leu os jornais? Viu que uma negra foi obrigada a cortar os cabelos? O sarará da menina, segundo o diretor, atrapalhava a visão dos colegas!

– Jura? Por que será que cabelo incomoda tanto? O Franco-Brasileiro também proibiu cabelos longos...

– Mas o que o Luís está falando é diferente, o diretor da escola da menina é um militar...

– Calma lá, Chico! Olha o preconceito! Não tem nada a ver, gente idiota existe em qualquer profissão!

– Militar devia estar no quartel, e não dirigindo escola! Quem paga o soldo e o pato somos nós! Imagine você, com todos os seus planos educacionais, transformando uma escola em um paraíso, máquinas de ensinar, pré-escolar, merenda gratuita e, de repente, sem mais nem menos, entra um milico no seu lugar e passa a dar ordens absurdas! Cortem os cabelos!

– Já conhecem a piada? Uma ex-aluna do Sion volta para rever o colégio. Emocionada, vê sua sala de aula, o pátio, a capela. Começa a perguntar pelas antigas mestras, a *mère* Luísa que ensinava etiqueta, tão velhinha! "Ah", diz a freira, "a *mère* Luísa morreu..." "E a *mère* Conceição que era diretora?", pergunta a ex-aluna. "Está em Roma", responde a freira. "E quem é a diretora, agora?" "Agora é o coronel Machado."

– A gente ri, mas o pior é que é verdade – diz Chico, ficando sério.

– O negócio é cada um cuidar do seu jardim. Eu luto por educação, religião e arte; Luís, pelo fim do racismo; e Chico, com cuidado, pelo amor de Deus, por um futuro político melhor pro nosso país.

– Essa luta não devia ser só minha. Sem esse futuro político, seus sonhos de educação e arte vão para a lata de lixo. Arte? E a censura? Como você e suas telas, e Luís e seu cinema podem pensar em criar sem liberdade de expressão?

– A criatividade sempre encontra um meio. Você devia ir ao Resumo da Arte que está no MAM. O maior barato! Fayga, Zaluar, Isabel Pons, Ivan Serpa, gente de primeiríssima qualidade, mostrando que apesar de tudo continuam criando, interferindo, mexendo com nossas emoções.

– Amiguinha, um dia me leve, pois não entendo nada de arte de vanguarda.

– Com prazer!

*"Controle da natalidade não substitui o desenvolvimento econômico",
diz o sociólogo Fernando Henrique Cardoso*

– Que cara é essa, Chico? O que houve?
– Você não soube? A Leila Diniz morreu. Tô indo pra casa da Teca, ela está péssima!
– Por quê? Ela conhecia a Leila?
– Não, Sônia, disse Tetê piscando muito. A Leila é muito importante para a cabeça da Teca. Vamos também, Luís?
– Não sei, Pichucha, acho melhor o Chico ir sozinho. A Teca sabe que nós estamos com ela e não abrimos. Quem sabe se da solidariedade não nasce um romance bonito entre eles?
Luís deu um beijo carinhoso na testa de sua Pichucha, que se aconchegou compreensiva a ele. Olhou Chico e mandou um recado:
– Diga pra Teca que a gente dá a maior força pra ela. Coitada, a Leila Diniz é um mito, um mito lindo, é uma estupidez morrer assim tão moça, deixando uma filhinha... o que será da Janaína? É um absurdo...
– Como é que ela morreu? – quis saber Sônia.
– Ela ia pra Índia e o avião caiu.
– Morro de medo de avião!
O professor Euclides entra em sala e pede um minuto de silêncio. A turma comovida respeita o pedido. Euclides, pausadamente, começa a recitar com sua voz empostada:
– "Irene preta / Irene boa / Irene sempre de bom humor / Imagino Irene entrando no céu: / – Licença, meu branco! / E São Pedro bonachão: / – Entra, Irene, você não precisa pedir licença!"
O grupo continuava estudando: época de vestibular simulado. Apesar do afinco, Tetê e Luís, ou Pichucha e Pitucho, foram ver a apresentação de Ravi Shankar, presente de Tetê a um encabulado Luís pela data de celebração de início de namoro.
O estudo também aproximou Daniel e Cristina: começaram a namorar firme. Apesar dos conselhos de Lúcia, Cristina iniciou o namoro em um motel, após muita cerveja no Amigo Fritz. Como o

amor faz milagres! Chico compareceu à missa de sétimo dia de Leila Diniz, acompanhou Teca, é claro, e começaram uma amizade colorida, saídas e beijos. Chico não tinha certeza se deveria fazer amor com Teca e isto o enlouquecia. Ele acreditava que amor era pra sempre, que só se amava de verdade uma única vez na vida e que aquilo deveria ser um compromisso afetivo eterno. Tinha de saber que era correspondido com a mesma intensidade. Exigia que Teca, se o amasse, o fizesse com exclusividade, e isto Teca considerava uma restrição à sua liberdade.

Quase ia me esquecendo do Jaques! Pobre dele! Estava começando a gostar de Lúcia e ela nem notava. Começara um namoro complicado com um colega do Encontro. Não era o Carlos, era o Ney, um estudante inconformado de engenharia. Estava detestando a faculdade e encontrara em Lúcia um ouvido atento para suas lamúrias. Jaques não sabia de nada e dera de presente a ela um boneco lourinho, um Adão, uma gracinha de boneco que começara a encher as vitrines, o primeiro boneco menino. Lúcia o tinha admirado dizendo que pela primeira vez as crianças iam ficar sabendo que os meninos tinham pinto. No Dia dos Namorados, Jaques comprou o boneco e esperou a melhor ocasião para presentear. Ela adorou, é claro, achou que ele era um *doce* de pessoa e lhe deu um beijo no rosto.

Mas paixão de verdade era entre George e Estela. Certos dias, George se sentia cheio de esperanças, achava que Estela iria se separar. Ela dizia que nunca tinha amado tanto, que ele era o grande amor de sua vida. Nesses dias, tudo corria fácil. Mas, noutros dias, Estela ponderava sobre a estabilidade do casamento para a criação dos filhos, voltava a falar sobre a diferença de idade entre eles, que ela ficaria velha antes e morreria de ciúmes.

Complicados corações...

JULHO

— AH, LUCINHA, minha vida, eu desisto! Deixa seu amiguinho Jaques descansar um pouquinho! Não agüento mais ficar trancado! Já estou até com inveja dos ossos de dom Pedro, que ficam passeando de um lado para outro!

— Sei não, Jaques, sei não. O vestibular simulado de história geral é amanhã. A gente ainda está em Grécia!

— Eu concordo com o Jaques. Acho que é hora de dar um tempo. Lúcia, pára de ser c.d.f.! A gente já está estudando há duas horas!

— Tudo bem, só uma pausa para um cafezinho. Quem está a fim de enfrentar a cozinha comigo? Sou péssima pra fazer café.

Lúcia desceu as escadas acompanhada por George que se dizia um cozinheiro de primeira. Seus pais estavam viajando, e embora ela dormisse na casa de sua avó, sua casa vazia era um excelente ambiente para estudos. No quarto, Sônia acendia seu cigarro e conversava com um triste Jaques.

— Faz tempo que estou querendo falar com você. Desculpe se estou sendo metida mas você está a fim da Lúcia, né?

Jaques ficou todo vermelho:

— Dá pra notar?

— Depende. Quando você deu pra ela aquele boneco no Dia dos Namorados eu achei que sim. Cheguei a comentar com ela...

— E o que ela disse?

— Ela disse que não, que era amizade, que você era um doce e coisa e tal. Posso te dar um conselho?

— Acho que você vai me dar um de qualquer jeito...

— Descurte. Eu sou supersincera, amigo, sou mesmo. A Lúcia está em outra. Ela está namorando. Ih, caramba, dei furo, você não sabia...

— Não mesmo! Ela está sempre com a gente! Ela está apaixonada?

— Não a conheço tanto assim, bicho, mas empolgada ela está. Jaques, cai fora enquanto você não estiver apaixonado demais. A Lúcia só gosta de gente complicada, né? Um dia nós conversamos a respeito de namoro. Eu só tive dois namorados até hoje e o segundo foi o Alberto. A Lúcia já teve um monte, tudo namoro rápido, mas todos complicadíssimos. Um era guitarrista, outro artista plástico, outro poeta. Cada um com um problemão maior do que o outro. Agora ela está toda feliz dizendo que este é engenheiro e que, finalmente, ela vai ter um namorado normal. Coitada! Já começou a loucura! Tudo bem que este não queima fumo, não tem complexo de Édipo ou outro qualquer, mas é cheio de grilo em relação à profissão, entra em fossas homéricas, é grilado pacas. A Lúcia se amarra num problema. Acho que, se você quiser conquistá-la, vai ter que decorar algumas poesias e arranjar algum problema.

— Mulheres... vocês são complicadas.

— Eu não! Amputa uma perna, perde um olho, perde a mãe, aí sim, ela vai ficar amarradona!

— Ser gordo não serve?

— Só se a gordura for fruto de um complexo bem profundo. Vai por mim, Jaques, gosto de você e não quero te ver sofrendo. Se você fosse um cara como o Chico eu te diria pra se abrir com ela, mas sei que nós somos parecidos. Você não iria agüentar um fora.

Jaques estava chateado. Sabia que Sônia tinha razão; dificilmente Lúcia se interessaria por ele. Ele não pertencia ao universo dela. No entanto, ela lhe dava atenção, ouvia suas histórias, era bonita e parecia estar sempre de bom humor. Ele gostava dela.

— Tô de saco cheio! Já é bastante complicado para mim morar aqui no Rio, longe de tudo... Eu queria mesmo é ser o Dudu da Loteca, ganhar um monte de dinheiro e fazer o que quiser!

Neste ponto, Lúcia e George entraram, equilibrando uma bandeja com xicrinhas e biscoitos.
— O lanche está servido! O que vocês dois cochichavam?
— Curiosa! O Jaques estava falando sobre a grana preta que o Dudu da Loteca levou. Ele casa amanhã, sabia?
— Bárbaro! Vai ser um casamentão. Bem que eu queria receber um dinheirão desses! Eu construiria uma escola perfeita!
— Eu não! Se eu ganhasse uma grana dessas largava essas malditas apostilas e ia para a Europa! Paris! Ia freqüentar todos os desfiles de moda! E você, Jaques? O que você faria com tanto dinheiro?
— Sei lá... acho que ia ficar uns tempos sumido, curtindo, fazendo só o que desse na telha. Compraria um Galaxie 73 para passear com conforto.
George nada disse, mas ele sabia exatamente o que faria com o dinheiro: casaria com Estela.

— Chico, me explique mais uma vez, que eu estou ficando burra. Afinal, você me ama?
— Você sabe que sim. Nunca amei na vida, eu te amo demais!
— Então, bicho, faça amor comigo! Eu também gosto muito de você! Não posso afirmar "eu te amo" exatamente, porque ainda não transamos. A gente precisa saber se a gente vai se dar bem na cama, aí sim, bicho!
— Claro que a gente vai se dar bem na cama! É só olhar para seus olhos e ter certeza disso! Você é uma mulher sensual, maravilhosa, e eu sou uma pessoa normal que te ama. Nada pode dar errado, nada!
— Então, bicho, a vida é curta, vamos nos amar, vamos deixar esses grilos de lado, polas! Vamos fazer amor!
Chico ficava desnorteado com a veemência de Teca. Claro que ele queria fazer amor, era tudo o que ele queria, mas não era assim.
— Bicho, fazer amor não é um ato político! Eu sou paradona na sua, você se amarra em mim, temos a maior atração um pelo outro, de que mais você precisa?
— Se a gente fizer amor, aí sim, aí eu vou ficar perdidamente apaixonado.

— Você já não está apaixonado? Qual a diferença?

— Amor não é coisa que se descarte, amor é sentimento pra vida inteira.

— Claro que não! Amor é ótimo, mas acaba, acaba como qualquer coisa na vida. Tantas foram as vezes que me vi apaixonada e esta paixão durou um mês, se tanto. O importante é viver o agora, agora estamos apaixonados, não tenha medo de sofrer, bicho. A gente acaba sofrendo de qualquer jeito...

— Mas, e depois? A gente transa hoje, passamos um domingo maravilhoso, erramos tudo na prova de amanhã, porque estamos apaixonados. Fim de semana que vem, você vai acampar com sua tribo, pinta um fumo legal, você fica excitada e transa com um amigo. *Make love, not war!* Tudo numa boa! Não é isso que eu quero pra gente. A nossa história vai ser diferente.

— Chico, fala a verdade, você já transou alguma vez?

Chico olhou os olhos de Teca e disse seriamente:

— Não. Nunca transei, nunca namorei, nem mesmo dei um beijo. Você foi a primeira mulher que beijei e adorei.

— Bicho, que loucura! E quem te ensinou? Você beija bem pacas!

— Amor é isso, Teca, você não percebe? Sempre que se ama alguém as coisas funcionam perfeitamente! Eu te amo e vou te amar para sempre. Não me importo que você já tenha transado com mil caras, não é importante. O que importa é que, desde o momento que você descubra que eu sou o homem da sua vida, seu parceiro, só eu vou ocupar seus sonhos.

— Isso é loucura! É claro que te adoro, mas isso não vai nunca me impedir de ter atração por outros!

— Claro que não! Eu também sinto atração por outras mulheres, pode aparecer qualquer mulher linda, nua na minha frente, eu vou me sentir atraído, é claro, mas não vou fazer amor com alguém que não amo.

— Você está se reprimindo!

— Não é repressão, não é por obrigação, é por amor, é por valer a pena. Quando uma mãe deixa de comer para dar comida a seu filho, ela não está se reprimindo, ela está feliz por alimentar alguém que ama! Presta atenção, sua cabeça-dura, da mesma forma que temos raiva de pessoas e não saímos metendo a mão na cara de ninguém, também sentimos atração e não saímos fazendo amor!

— Mas, e daí, tudo bem, a gente se ama, a gente faz amor, tudo bem. Mas eu conheço um cara lindo, você está longe, preso, sei lá. Daí não faço nada? Vou ficar me sentindo péssima, como vou ficar?

Chico a olhou com paixão antes de responder:

— Eu vou estar do seu lado sempre. Se você já traiu um namorado, é porque ele era ausente, não existia amor. Mas eu acredito no amor eterno, acredito que haja a pessoa certa para cada um. Esta pessoa, para mim, é você. Por isso nunca tive outra namorada. Eu já me apaixonei antes, já acreditei, pelo menos, que estava apaixonado. Já tive oportunidade de beijar, abraçar, mas esperei para ter certeza. Agora eu sei que estou certo. Você é a realização de meus sonhos. Mas só vou fazer amor com você no dia em que você também tiver certeza disso.

— Você está com medo. É isso. Claro que é isso! Como pode me exigir certeza? De que a gente tem certeza neste mundo? Quantas não foram as vezes em que nos enganamos? Olhe aqui, leia meu *Malandro*, isso, leia meu livro e trate de me conhecer um pouco melhor. Aí dentro está a Teca, a verdadeira Teca. Desde meus doze anos escrevo meus pensamentos e minhas paixões. Não me importo de perder você depois desta leitura. Se é a verdade que você quer, aí está ela, uma verdade vermelha. Agora vá embora. Preciso ficar sozinha.

Chico colocou o precioso livro em sua bolsa de couro e saiu batendo a porta atrás de si. Teca acendeu um cigarro e se jogou na cama.

— Atenção — berrava Marcelo, o professor de matemática. — Atenção! O resultado do vestibular simulado já saiu! Vamos afixar na porta da tia Vera os pontos de todos, mas antes quero adiantar os parabéns para o primeiro colocado! Tan tan tan tan!

— Diga logo, Marcelo! — pediu Daniel. — Se bem que acho que não vai ser surpresa para ninguém!

— Em primeiro lugar, Lúcia Alcântara!

A turma assobiou e aplaudiu. Lúcia levantou-se e fez mesuras.

— Em segundo lugar... Daniel Matos!
A turma batucava nas carteiras e chamava-o de c.d.f.
— Em terceiro lugar... Matilde Cunha!
Aí a festa foi maior. Matilde era a aluna mais velha do curso. Tinha 45 anos, três filhos grandes, e estudava para história. Era muito querida por todos.
— Muito bem, as notas não foram más, embora ainda haja muito chão pela frente.Verifiquem bem seus pontos e os alunos que estiverem abaixo da linha vermelha tratem de meter a cara! Nada de moleza! Parabéns para quem merece e melhor sorte para os outros. Quem for de matemática pode ficar na sala. Quem for de geografia saia em silêncio para a sala ao lado. E boas férias para vocês!
Depois da aula, Lúcia e Cristina se encontraram na porta do curso, felizes da vida. Cristina tinha conseguido o 13º lugar, era uma boa colocação. Tinham praticamente duas semanas de folga e intenção alguma de estragá-las com estudos. Pensavam em praia, apesar da mancha de óleo, cinema, teatro, *show*. Fazia tempo que não colocavam os assuntos em dia. Dirigiram-se para o silêncio da casa de Lúcia, prontas para isso:
— Que bom, amiga, adorei ter me dado bem. Eu já estava entrando numa que não ia dar certo por causa do meu namoro com o Ney.
— Mas vocês terminaram?
— Graças a Deus! Você acredita que ele só beijava de boca fechada?
— Não!
— Sim! Ele disse que "eu era muito quente pra ele". Dá pra acreditar?
— Vai ver que ele é bicha.
— Né nada! É complicado mesmo! Eu crente que dessa vez tinha arrumado um namorado normal, engenheiro, engenheiro é bem normal, não é? Tudo certo, cristão, pai e mãe casados um com o outro, sem dúvidas a respeito da sexualidade, tudo uma maravilha, pra pintar uma loucura dessas. Ele era muito fechado, mas, pelo que entendi, parece que ele já engravidou uma garota, daí ela fez aborto e ele fica supergrilado em passar dos limites.
— Amiga, foi bom você ter tocado neste assunto: eu já estou atrasada três semanas.

Lúcia parou estatelada.
— E aí? Já falou com o Daniel?
— Ainda não. Comprei Primodos hoje pra ver se desce. Vou esperar os dez dias regulamentares. Depois eu falo com ele.
— E você, está bem?
— Claro que não. A gente namora há pouco tempo, ainda penso um pouco no Flávio. E depois, estou dura como sempre.
— Ah, amiga... se der positivo você tira?
— Isso é certo. Mas tenho medo.
— Pense bem, amiga, pense bem, eu tô aqui pro que der e vier e tenho certeza de que o Daniel também encara. Mas não faça nada sem pensar! Eu darei uma ótima madrinha!
Cristina começou a chorar. Ela tinha certeza de que estava grávida. Os seios estavam enrijecidos e sentia sono. Tomava o remédio numa última esperança. Tinha medo, sonhava com um bebezinho, mas sabia que era apenas um sonho. As duas se abraçaram. Lúcia deixou a amiga sozinha um pouco, saindo para comprar um lanche. Estavam determinadas a passar a tarde toda juntas, confidenciando, ouvindo música, descansando, olhando vitrines. Qualquer coisa que fizessem juntas hoje daria certo.

Luís Carlos estava nervoso. Tinha sido oficialmente convidado para jantar na casa de Tetê. Nervoso? Põe nervoso nisso! Tetê já havia comunicado aos pais que estava namorando firme. Claro que não comunicara dessa forma. Os pais perguntaram aonde ia tão altas horas e Tetê, piscando, dissera:
— Vou pra casa de meu amor. Ele está me esperando. Vamos passar o fim de semana juntos.
Daí foi aquela loucura. Queriam saber tudo, de que família ele era, se era sócio do Country, o que ele fazia na vida. Tudo. Tetê nada dizia. Não tinha medo nem vergonha. Ao contrário, sentia muito orgulho de estar tão apaixonada por um homem tão brilhante como Luís Carlos. Olhou para a mãe e finalmente respondeu:
— Ele não é sócio do Country, não é sócio do Iate, não é sócio de lugar nenhum. Não é filho de ninguém que vocês conheçam. Aliás,

talvez vocês conheçam sem saber o trabalho do pai dele, pois o pai é um simples fotógrafo de jornal. Gente finíssima! A mãe dele é uma gracinha de pessoa, supersimpática. Ele tem dois irmãos menores e mora em Botafogo.
— Já vi que é pobre, é isso o que você está tentando dizer.
— Eu não diria que são pobres. São trabalhadores. Mas por que você está tão interessada? Você nunca se importou com quem eu saio ou deixo de sair!

A mãe pigarreou, acendeu um cigarro e tentou falar com voz mansa:
— Não leve a mal, filhinha, são preocupações de mãe! Você imagina só que bobagem, eu ouvi os porteiros conversando outro dia, você sabe que não dou conversa para essa gente, mas não pude evitar, e ouvi que falavam sobre você. Diziam que você estava de namoro com um preto! Olhe que absurdo!
— Não é absurdo nenhum, é a pura verdade. Meu amor é um negro. Um negro lindo, inteligente e gostoso!

Depois, o que se seguiu dá pra imaginar. O pai fez um escarcéu, teve uma ameaça de enfarte, a mãe quase desmaiou, foi uma loucura. Daí, vendo que não tinha jeito, resolveram dar um jantar e convidar Luís. Pensavam que talvez Tetê percebesse que seu mundo não tinha lugar para um crioulo pobre. Convidariam alguns amigos sinceros, pessoas de confiança, assim veriam se o tal crioulo sabia se comportar.

Luís estava nervoso. Eu já disse isso? Pois é, tentava se convencer de que não tinha motivo. Que iria encontrar aquele bando de grã-finos numa boa, que nada importava, apenas seu amor por Tetê. Estava preparado pra tudo. Sabia que iam fazer de tudo para deixá-lo embaraçado. Estava certo.

Logo na portaria, o porteiro pediu para que entrasse pela entrada de serviço. Sentiu o sangue ferver. Pensou durante três décimos de segundo se deveria registrar queixa ou obedecer. Resolveu explicar calmamente a situação:
— Tudo bem, posso até entrar pelos fundos mas acho que não devo. Eu sou convidado da dona Terezinha, acho até que você já nos viu juntos e sabe disso.
— O senhor me desculpe, mas são ordens do síndico.

– Então o senhor avise a dona Terezinha que o Luís Carlos está aqui embaixo.
– Não posso deixar a portaria agora.
– Tudo bem, bicho, então vou para a rua e começo a gritar para a Tetê descer. Está bem assim?
O porteiro coçou a cabeça sem saber o que fazer. Era novo no prédio, não queria perder o emprego. Era verdade que já tinha ouvido comentários que a garota da cobertura namorava um crioulo. Resolveu deixar Luís Carlos entrar.
– Tá bom, tu entra, mas livra a minha cara se der bronca!
– Tudo bem, deixa comigo!
A empregada uniformizada abriu a porta, todos os convidados já estavam presentes, todos com trajes formais. Luís percebeu que tinham dito horários diferentes para eles. Queriam que ele chegasse com a sala cheia. Tetê o abraçou cochichando em seu ouvido:
– Não pude fazer nada, quando vi todo mundo chegando, vi que tinham me dito a hora errada, mas o telefone estava ocupado o tempo todo! Coragem! Estamos nessa juntos! Lembre-se que eu te amo e somos um só!
Todos foram civilizados com Luís. O garçom ofereceu uísque, caviar, ovos de codorna. Luís rejeitou os dois últimos. Seguiram para a mesa. Embora os lugares estivessem determinados, Tetê fez valer sua vontade sentando-se ao lado de Luís. Serviram *escargot* e Tetê saboreou sua primeira vitória. Sabia que os pais tinham escolhido os pratos mais complicados para ver se Luís dava vexame. Mas mal sabiam eles que Luís era tarimbado. Seguiu-se a lavanda, sorvete de abacaxi, vinhos, troca de pratos, gelatinas, e Luís perfeitamente à vontade. Depois o licor, todos já em outra sala, e assuntos contraditórios sendo trazidos à baila. Perguntas capciosas eram jogadas para Luís. Ele saiu-se perfeitamente bem. Quando foi embora, Tetê estava radiante:
– Como te amo! Você me surpreendeu!
– Você tinha alguma dúvida?
– Não te conheço realmente. Pra mim, pouco me importaria se você derramasse vinho na mesa ou deixasse o *escargot* pular no decote da chata da Lili. Pouco estou ligando se você está por dentro

do que se passa no Corpo Diplomático, eu te amo de qualquer jeito. Mas fiquei feliz porque meus pais deram o maior furo, eles sim! Mas me diz, como é que você entende tanto de cavalo de raça?

– Eu já trabalhei como auxiliar de produção num filme sobre um cara viciado em corrida de cavalos. Daí, no intervalo das filmagens, ficava levando um papo com o pessoal. Comunicação, neguinha, comunicação! Agora que eu já passei no teste, vai dormir lá em casa hoje, vamos fazer amor gostoso e amanhã vamos pegar um filme delicioso, *Pele de asno* com Catherine Deneuve. Temos que aproveitar para botar em dia o cinema.

Claro que Tetê aceitou o convite, e daquele dia em diante os pais se limitaram a trocar palavras indispensáveis com ela.

Quando um adolescente parece normal aos olhos de um adulto é sinal de que está doente
ANNA FREUD

AGOSTO

— LEÃO, Zé Maria, Beto, Vantuir, Marco Antônio, Gerson, Clodoaldo, Rivelino, Jairzinho, Tostão, Leivinha! Que seleção!
— Estás por fora, Jaques, seleção igual à de setenta, nunca mais! Pelé faz falta, Paulo César já era, Brito é um craque, Leão agarra bem mas não se compara... Olha lá minha princesa chegando! Cris!
Daniel acenou para Cristina, mas ela estava sem ânimo.
— Precisamos conversar, Daniel, precisamos...

```
Dia 12 de agosto
   O que posso dizer? Que estou péssima, me
sentindo um lixo? Foi horrível! O Dani foi
fabuloso, me deu a maior força, pagou tudo,
ficou do meu lado. Eu não queria contar pra
ele mas a Lúcia insistiu. Eu acho que o cara
não tem nada a ver. Se eu peguei filho, o
problema é meu. Ele não queria, ele supunha
que eu estava me cuidando. Com o Flávio eu
só tomava susto, desta vez foi sério. Assim
que eu me recuperar vou procurar um gineco-
logista e começar a tomar pílula. O Dani foi
incrível, amanhã é Dia dos Pais e ele disse
```

que teremos muitos Dias dos Pais fantásticos pela frente, que vamos esquecer tudo mas que era necessário evitar que isso voltasse a acontecer. Sou muito boba! No fundo eu queria este filho! Cheguei a imaginar a carinha dele, é claro que é só imaginação, claro que tive que tomar essa decisão, não trabalho, não posso sustentar uma criança, mesmo com a Lúcia pedindo para eu pensar. No dia em que eu tiver um filho não quero precisar contar com ninguém, nem com o marido. Eu vou ter de ser capaz de dar conta de meu filho! É tão horrível! Um bando de mulheres com um número na mão, umas chorando outras batendo papo como se fosse a coisa mais normal do mundo! Uma foi superlegal, me deu um lenço, disse que já era o quinto aborto dela, que eu iria esquecer. Acho que nunca vou esquecer que assassinei meu filho. Impedi que ele vivesse mesmo sabendo que era minha única escolha. Amanhã não vou poder ficar com o Dani, ele vai visitar o pai que está escondido, pediu muito segredo. O pai conseguiu um passaporte falso e está no Brasil disfarçado. A Lúcia também tem uma tarde com o pai, mas prometeu que depois passava aqui pra ficar comigo. Embora eu não acredite em Deus, estou precisando de perdão.

Lúcia foi visitar a amiga levando bolo e flores. Choraram muito, fizeram votos de eterna amizade e combinaram filmes e segredos.

– Olha, amiga, vou te contar um segredo mas você não pode contar nem pro Daniel! Tem que jurar!

– Ih, sei não...

— Você precisa saber só pra te tirar dessa fossa. Pensando na vida alheia a gente esquece a nossa.

— Para eu jurar segredo vai ter que valer a pena! Você sabe que sou bucho-furado.

— A Teca não me pediu segredo, ela estava tão radiante que senti que contou pra mim só para dividir uma coisa boa, ela precisava dividir com alguém e na hora eu estava. Mas sei que é coisa íntima...

— Então fala logo!

— A Teca e o Chico transaram!

— Ué? E daí?

— E daí que o Chico era virgem! Não apenas virgem, como nunca tinha namorado ninguém!

— Um homão bigodudo daqueles, virgem? Sem essa!

— Sério! Inacreditável! Daí ela estava toda aflita, mas trazia um sorriso enorme, falou que nunca tinha encontrado alguém tão completo, uma entrega tão maravilhosa, que o cara, apesar de inexperiente, era incrível, o máximo! Ela brilhava tanto que até me deu inveja.

— E você, minha amiga, vai continuar mesmo nessa idéia de casar virgem? Olha lá a besteira que está fazendo! Eu jurava que o Flávio era o máximo, era o único homem do mundo, e estou vendo que não é nada disso. Transar com o Daniel é supergostoso. Não vou te dizer que o Flávio não era, ele era competente sim, mas o Daniel também é.

— Mas pelo que eu senti, o que a Teca estava falando era uma transa especial, e olha que ela é bem rodada...

— Ela está apaixonada, é isso, isso dá outro sabor. Por falar em sabor, lembra aquele dia em que nós fomos à casa do Daniel pegar uns discos? Pois é, aquele amigo dele do Iate ficou superinteressado em você. Perguntou sua ficha. O Dani quer saber se pode armar uma saída a quatro, assim que eu me recuperar, é claro.

— Ah, sei não, acho que não estou a fim de nada armado. Estou tão bem sozinha, sem gostar de ninguém, sem ninguém gostar de mim, é tão bom!

— Sem ninguém gostar de você, uma ova! E o Jaques?

— É só amizade...

— Você é má. Você sabe que não é só amizade. O Jaques não é bonzinho, ele não foi correndo na sua casa te ajudar a consertar o som porque ele é bonzinho. Ele gosta de você e você com todo o seu cristianismo está usando o garoto. Isso não se faz!

— Ah, que saco! Será que a gente não pode ter amigo homem?

— Não pode, não. A gente pode querer só amizade, mas não é isso o que eles querem. Pode escrever embaixo: homem é amigo de homem.

— Tá bom. Então vou tomar mais cuidado. Mas eu tenho uma pá de amigos homens no Encontro...

— Por falar nisso, e sua paixão pelo ator?

— Eu não consigo me entender, o que aquele cara mexe comigo não está no gibi. Como é que eu posso ficar parada na de uma pessoa que não conheço? Não faz sentido.

— A vida não faz sentido. Fala pra mim, quantas vezes você já assistiu a *O interrogatório*?

— Três.

Cristina deu uma gargalhada.

— Só você pra me fazer rir! Três vezes! Que paixão!

— Não pode ser paixão, ele é uma imagem, uma idéia boa que eu tenho durante a noite. Fico fantasiando que ele pinta pra fazer uma filmagem no parque Lage, daí eu estou pintando, ele vê meu trabalho, eu o reconheço, ele adora o que eu faço...

— ...e vão pra cama!

— Falando sério, o que eu sinto por esse ator é uma coisa tão sem explicação, tão forte, tão absurda, que acho que com ele eu transaria sim.

— Sem pecar?

— Você sabe que não acredito em pecado! Eu acredito no amor. Se as pessoas se amam, podem se manter castas, conhecendo o corpo uma da outra, é isso o que desejo pra mim, mas não condeno os outros. O que importa é ser feliz. Mas esse cara mexe tanto comigo que me enlouquece. No *Castro Alves* foi aquele susto, agora no *Interrogatório*, foi outro. Sabe que eu acho que na última vez ele me notou? De verdade, só que ele estava acompanhado. Acho que ele é casado...

— É mesmo! Ia me esquecendo! Eu peguei uma revista na manicure para você! Fiquei tanto tempo preocupada com o aborto que me esqueci de te dar. Abre meu armário.

Lúcia obedeceu, era uma revista de fofocas. Uma página estava

marcada, tinha o retrato do ator Zanoni Ferrite com uma extensa entrevista.
— O que se há de fazer?
— Eu não te entendo, minha amiga, mas te dou a maior força...
— Sabe o que eu fiz? Fiz um retrato dele, copiei do programa de teatro. Estou com vontade de entregar no teatro. O que é que você acha?
— Eu? Eu lá tenho direito de julgar ou achar alguma coisa? Amiga, estou nesta cama na maior fossa, sem saber de nada direito. A única coisa de que tenho certeza é que todos nós somos loucos e que a vida é uma só. Se você tá a fim, vai fundo!
— Então, assim que você se recuperar, você vai comigo.
— Combinado!

Continua a greve nacional na Inglaterra

Chico andava nas nuvens. O amor para ele foi uma coisa simples e inevitável. Estava na casa de Teca lendo os poemas que ela escrevera para ele. Eram tão lindos, tão cheios de paixão e desejo, que se encheu de ternura e permitiu-se fazer amado. Tudo aconteceu com alegria. Riram juntos ao tomar banho. E agora, lá estavam estudando de mãos dadas. O estudo era melhor, mais produtivo. Discutiam os assuntos, se beijavam, se amavam, voltavam a estudar. Ele olhava encantado o rosto de Teca, via beleza em cada curva, em cada gesto. Ela era muito especial. Sua família também estava encantada. A mãe, sempre alegre, perguntava quais os pratos favoritos da namorada do filho e prontificava-se a prepará-los. A primeira vez que Teca dormiu em sua casa foi complicado. Estava tarde e a mãe ofereceu uma troca de quartos.
— Não, mãe, Teca vai dormir no meu quarto.
— Mas Chico, sua cama é pequena, deixe que seu irmão durma na cama de armar com você, e a moça terá mais conforto...
— Mãe, eu e Teca namoramos, gostamos de dormir juntos. Seria muita hipocrisia dormirmos em quartos separados.
Os pais se entreolharam, mas nada disseram. Mudaram de assunto, comentaram a morte do ator Sérgio Cardoso, a sua substituição na novela e a possibilidade de o terem enterrado vivo.

— Que besteira! É claro que ele não foi enterrado vivo!
— Parece que sim. Dizem que tornaram a abrir o caixão não sei pra quê e que o corpo estava em outra posição, com o tampo do caixão todo arranhado.
— Quem já viu um cadáver não se enganaria... — foi o comentário de Teca.
Todos se voltaram para ela com olhares curiosos. O irmão de Chico perguntou francamente:
— Você já viu um cadáver?
— Vi, sim. Meu pai morreu ano passado. Foi o coração. Antes de ele morrer eu costumava pensar nessa possibilidade, ser enterrada viva. Mas, quando ele morreu, estávamos só nós dois em casa, era domingo, minha mãe tinha ido à praia, ele lia o jornal. Reclamou de dor de barriga e foi ao banheiro. Não liguei, afinal isso é coisa comum. Pensei em tomar banho, eu tinha ido a uma festa na véspera, chegara tarde, estava sonada. Fui para meu quarto, acendi um cigarro. De repente, senti um aperto no coração, um pânico inexplicável. Saí do quarto gritando por ele, bati na porta do banheiro, ele não respondeu. Comecei a esmurrar a porta, desci, era folga do porteiro, ele estava a caminho da praia com a família. Subiu comigo e arrombou a porta... Papai já estava morto.
Os olhos de Teca encheram-se de lágrimas. Todos ficaram sem palavras. Chico a abraçou com ternura e compreendeu muitas coisas. Mais tarde, no quarto, Teca reviveu os procedimentos daquele domingo. Sua desesperada ida à praia à procura da mãe, os preparativos do funeral, tudo ainda muito claro em sua memória. Naquela noite, dormiram abraçados em sua cama de solteiro.

Rômulo Arantes: o nadador de 15 anos vai para as Olimpíadas

Setembro

UM COMANDO com oito guerrilheiros de uma organização terrorista palestina conhecida como Setembro Negro invadiu o prédio da delegação israelense em Munique, matando dois atletas e mantendo alguns reféns. Queriam a libertação de prisioneiros árabes em Israel. Após negociações, a Alemanha concordou em ceder um avião, mas no aeroporto uma tropa de atiradores de elite os esperava. Os terroristas fuzilaram seis reféns e mataram cinco com granadas dentro de um helicóptero. Três dos terroristas foram presos.

Não se comentava outra coisa. A não ser as vitórias do nadador Mark Spitz, o americano que levou todas as medalhas de ouro. Mas nossos amigos, apesar de consternados com o atentado terrorista, tinham de continuar levando suas vidas diárias. Cristina, recuperada, teve uma ligeira rusga com Daniel. Cismou que uma aluna nova do curso estava dando em cima dele. Cismou que Daniel alimentava a paquera, o que fez com que brigassem durante uma semana, sentando cada um em um canto da sala. Jaques, por sua vez, desistiu de investir em Lúcia. Continuava muito atraído por ela mas sabia que era em vão. Para se distrair, começou um namoro com uma menina amiga de seus conterrâneos. Era bonitinha, carinhosa e alegre. Teca e Chico se descobriam cada vez mais apaixonados. O caderno *Malandro* registrava poeticamente a paixão:

Sou capaz de amar como a primavera
preenchendo de cores teu pensamento
invento bilhetes, seleciono recortes
preparo sabores
estou sempre à espera
e como um balão
arrebento-me em flores

Sou capaz de amar como a primavera
sei olhares, músicas exatas
que te acompanharão onde fores
meu amor em ti reverbera
em plenos luares
mares, cidades, matas
templos, casebres e torres

Sou capaz de amar como a primavera
de infinitos odores
mimos, dengos, sempre surpresa
realizo quimeras
amanso tuas feras
e tua chama mantenho acesa

Por força da idade, ou da primavera, o amor preenchia os intervalos do estudo. Podiam as guerras arrebentar no Hemisfério Norte, podia a política interna do país censurar os desejos, assombrar os encontros, podia o estudo apertar com matemáticas cifradas e datas e batalhas, que os corações se mantinham ocupados em decifrar sentimentos.

Os dias passavam-se com estudos em grupo, sem nenhum fato merecedor de nota. Aliás, houve um episódio engraçado. Lúcia e Sônia combinaram de passar uma tarde estudando história. A *Ripa* ouviu a combinação e se convidou:

– *Manero*, também vou estudar...

As meninas riram da idéia, mas aceitaram a nova companheira. Lúcia forneceu seu endereço e tudo certo. Na hora combinada, lá estavam as duas enfiadas nos livros quando a campainha tocou. Chegou a Rita, sempre linda, e nem as cumprimentou, apenas as seguiu. Lúcia, meio sem graça, explicou em que ponto estavam da matéria para uma desatenta colega. Rita ficou em silêncio. De repente, viu, no alto do armário *Fred*, o violão de Lúcia. Sem cerimônia, pegou o violão, testou sua afinação e começou a cantar:

– *"I've been in London London, sometime ago... I cross the streets without fear, nowhere to go..."*

Lúcia e Sônia se entreolharam, mudas. Rita levou a música de olhos fechados, balançando os longos cabelos louros. Terminou a canção, abriu os olhos, levantou-se e disse:

– Vou chegar.

E foi embora.

Sônia e Lúcia caíram na gargalhada durante algum tempo e retomaram os estudos.

Alunos da Santa Úrsula deitam-se no chão
para sensibilizar governador para construção de passarela

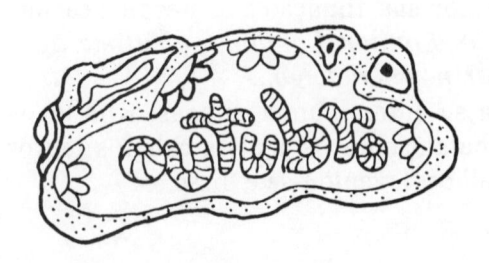

– ATENÇÃO, meus caros colegas! – gritou Luís, interrompendo a aula de português. – Atenção, muita atenção!
– Fala logo, bicho, que a matéria não pode esperar! – reclamou o professor.
– No próximo domingo, nada de livros nem de Feira da Providência, estão todos convidados para nosso casamento!
A turma aplaudiu e assobiou.
– Casamento de verdade, com bolo e champanhe. Vou fixar o convite na parede, mas anotem aí no fichário que eu quero todo mundo presente! Levem pai, mãe, filho, cachorro e periquito. Quero a patota toda! Domingo, às dez horas da matina. Vai ser num sítio de um amigo e depois vai ter um churrasco. Vai ser a maior festa da paróquia! Quero todo mundo presente, tu também, mestre!
Lúcia foi beijar a noiva perguntando como os pais dela tinham reagido à novidade:
– Eles ainda não sabem. Só vão saber no próprio domingo. Já sou maior, não preciso da aprovação de ninguém. O Luís conseguiu um emprego como fotógrafo no jornal do pai e eu estou vendendo direitinho o meu trabalho na feira de Ipanema. Um amigo nosso vai viajar, vai ficar no mínimo um ano fora, e emprestou o *apê*. Quando ele fez a oferta, eu e Pitucho nos olhamos e acertamos tudo. Vamos casar mesmo, assinar papel!

Domingo pela manhã, a caravana já estava pronta para o casamento. Lúcia levava um trabalho seu que Tetê admirara um dia para presentear o casal. Cristina e Daniel compraram talheres. Chico e Teca tinham ido na véspera à Lagoa visitar a Feira da Providência e compraram licor de rosas na barraca da Hungria e outros objetos para o casal. George trouxe o novíssimo álbum do Emerson Lake and Palmer, *Trilogy*; não era exatamente um presente de casamento, mas sabia que Luís iria adorar.

O casamento foi emocionante! Lúcia chorou copiosamente ao ver Tetê chegar de charrete trazendo uma coroa de margaridas na cabeça. Luís usava adorno idêntico e alguns colares sobre a túnica indiana. Tomou a mão da menina dando-lhe um beijo carinhoso. Os padrinhos eram jovens e ambas as famílias estavam presentes.

Após a cerimônia, Tetê jogou o buquê de flores naturais, que foi apanhado por Teca, e um churrasco perfeito foi servido. Deixaram o sítio só às seis horas. Os noivos ficariam por lá, a lua-de-mel estava adiada para depois das provas.

– Bem que eu queria casar também – disse Chico admirando as flores que Teca apanhara. – Mas isto só seria possível se eu ganhasse no Seus Talões Valem Milhões ou na Loteria Esportiva. Tenho que me resignar...

As estrelinhas do rosto de Teca brilharam de paixão. Olhou os olhos do namorado ainda sem acreditar:

– Você fala sério? Quer dizer, você se casaria comigo?

– Ontem!

Mesmo sem acreditar ou dar importância para a instituição casamento, Teca achou maravilhosa a declaração. Aquilo era, sem dúvida, amor.

– Tô com inveja! – disse Lúcia rindo. – Vocês dois são nojentamente apaixonados, isso não vale! Também quero!

– Só falta você, amiga, todos nós estamos com nossos amores. O George é caladão, mas tô sabendo que tem uma paixão secreta... Você é a única que está sem amar.

– Acho que estou a fim de dar um tempo. Eu sou muito apaixonada, vivo me enganando.

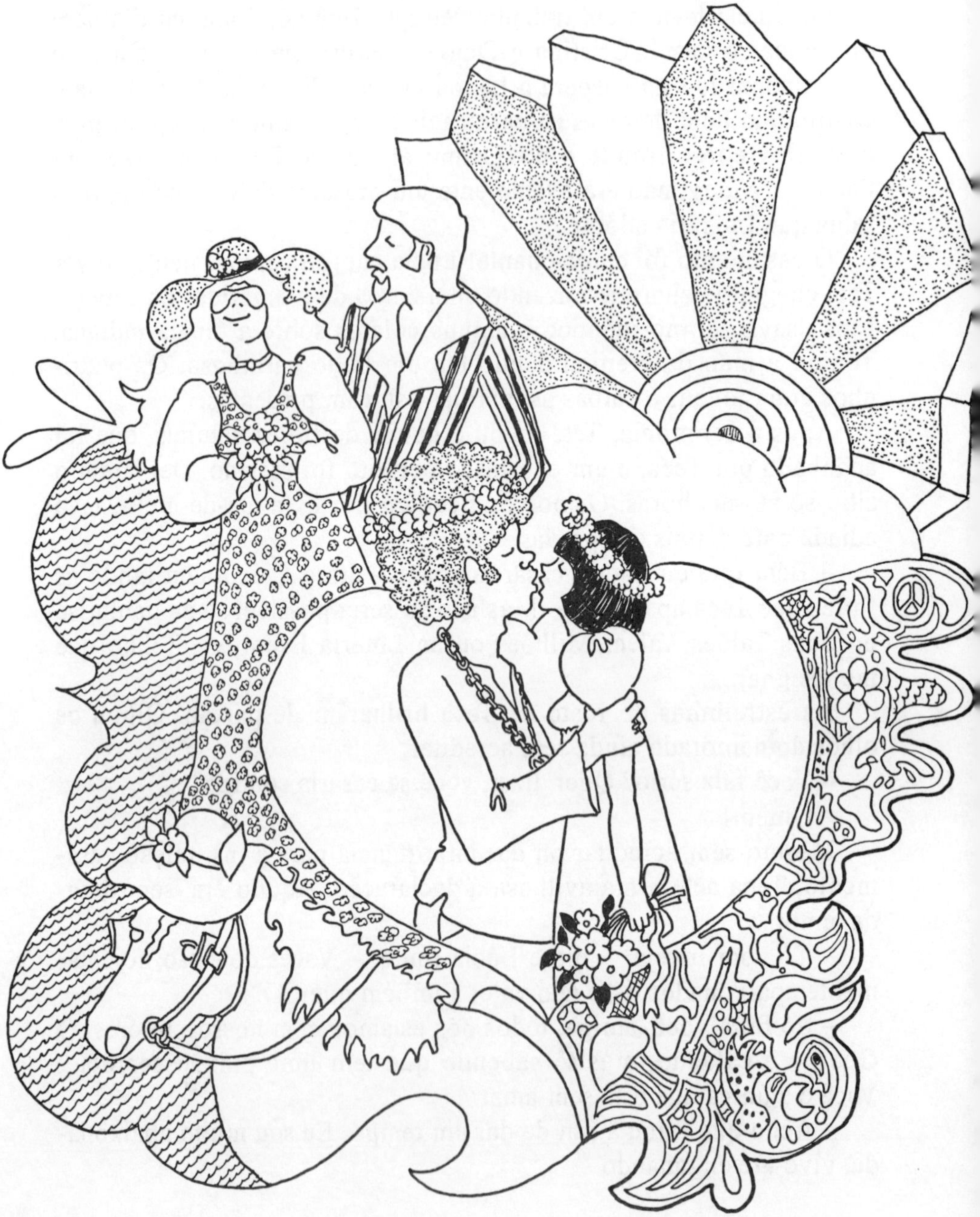

— Tenho um amigo, Lúcia, que está amarradão em você — avisou Daniel.

— Já soube, fiquei feliz, mas não estou a fim mesmo. Estou precisando ficar sozinha, estudar, estudar, estudar!

Os amigos ainda brincaram com a obstinação de Lúcia. Menos Cristina; esta conhecia a razão da aparente solidão da amiga: Henrique.

Lúcia voltava de uma exposição, já tarde da noite, caminhando pela nova avenida Atlântica. A obra havia ficado realmente boa. Lamentava a perda do mar fantástico e sua longínqua arrebentação. Mas o tal do 'calçadão' tinha ficado uma beleza. Era gostoso caminhar pela orla. Lembrando das obras e de como fora contra elas, distraidamente atravessara a rua, quase sendo atropelada. Alguém ao seu lado a salvou, puxando-a para a calçada. Ainda assustada, Lúcia agradeceu. O dono das mãos e dos olhos verdes chamava-se Henrique. Conversaram um pouco e telefones foram trocados. No dia seguinte, Henrique telefonara e combinaram um cinema no Paissandu, *Amigos e amantes*, bem sugestivo. O papo era superagradável, porém Lúcia soube que ele era desquitado. Henrique avisou-a de que estava impressionado. Lúcia disse que era recíproco, mas pediu um tempo para pensar e avaliar a situação.

— Jovem, nosso tempo é agora! — disse Henrique.

Mas Lúcia não cedeu. Chegou a comentar com Cris:

— Se vou perdê-lo por pedir um tempo, é melhor que seja assim. Não quero ser pressionada. Estou envolvida, é claro. Ele é bonito demais, é cristão, mas existe alguma coisa nele que não combina. E não é o fato de ser desquitado, não! Sei lá, ele é impulsivo, sei lá...

Estava com a sensibilidade à flor da pele. Talvez tenha sido isto que a levara a chorar tanto durante a cerimônia.

— Drummond faz setenta anos, moçada! — dizia Euclides. — Tenho certeza de que sua obra vai ser matéria de prova. O *vestiba* está cada vez mais próximo e aconselho dedicação ao nosso poeta.

- Mestre – disse Teca –, você leu o último poema que ele escreveu no jornal?
- Claro! Aqui está. "Praia, palma e paz." O que sugere o título?
- Repetição da letra pê? – disse alguém.
- Também, mas perceba a síntese que ele faz do momento em que vivemos: "praia". Quero que alguém que não conheça o poema me diga: qual a importância da praia hoje?
- Ah, mestre – disse Jaques – além de pegar jacaré, a coisa mais importante são os peitos das meninas do píer!
A turma riu, já sabendo que Jaques sempre falava uma besteira.
- Estão rindo? Pois riram errado. Realmente neste poema Drummond se refere aos seios que se expuseram ao sol das notícias. Diz ele: "Mas atenção, mulheres, a este aviso:/a moda exige um grama de juízo/e merecendo o belo o meu respeito,/ela só vale pra quem tenha peito." Ponto para o Jaques! E a palma? Vamos, pensem! A palma à qual o título se refere é a *palma mater* destruída por um raio.
- Ah! – exclamou Sônia, já afiada em história. – Já sei! Foi plantada por dom João, né?
- "Ai, chega deste assunto,/Olho a palmeira/visitada de raio, e sobranceira/ainda no seu risco vertical/sereníssima posto que mortal." Isso é poesia, moçada! Poesia de primeira qualidade! Sereníssima, posto que mortal, que nos leva à paz...
- No Chile?
- Esta é fácil: Vietnã! – opinou Daniel.
- Certíssimo! "A paz tenta pousar no Vietnã/mas só depois de cauteloso exame." Observem que o poeta aniversaria exatamente na data limite para a assinatura do tratado de paz. Será que ela vem?

Ministro Passarinho lamenta a falta de lei que permita afastar quem desonra o magistério

NOVEMBRO

– É UM ABSURDO, Gustavo, é um absurdo!
– Também acho, Chico, mas pega leve e fala baixo.
– Fala baixo! Não agüento mais isso! O Brasil inteiro elegendo seus prefeitos e a Guanabara de bico fechado! Se bem que nem eleição esta pouca-vergonha é! Tá na cara que a Arena vai ganhar.
Gustavo terminou seu café olhando para os lados.
– Chico, vai com calma. A coisa é mais feia do que você imagina. O vestibular está chegando, você está indo para sociologia, que é supervisada, faça as coisas com cabeça fria. Não vai dar uma de maluco, seqüestrar avião pra Cuba, sair distribuindo panfleto a torto e a direito. Calma!
– Mestre, eu sei que você está certo, mas o mundo está louco. Nixon foi reeleito, a guerra continua com mais bombardeios do que antes. E a gente tem que ficar de braços cruzados, com medo!
– Olha aí sua amada chegando.
Realmente era Teca que chegava, havia perdido a hora. O calor estava insuportável. Pela primeira vez Chico a via com os cabelos presos, fizera duas trancinhas e tinha uma fita na testa. Estava tão bonitinha que Chico esqueceu sua revolta voltando para a sala onde a professora de geografia dava as últimas notícias a respeito das provas. A área biomédica faria o vestibular no Maracanã, eles teriam suas provas em diversas escolas. Dia 7 de janeiro marcaria o início, com português.

Após as aulas, mais uma vez o grupo se reuniu na casa de Daniel para estudo. Jaques estava com febre, não pôde ir. Lúcia, apesar de estar atenta, curtia uma fossa daquelas. Tinha terminado tudo com Henrique, mesmo estando perdidamente apaixonada.

– Acho que nossa amiga Lúcia está com uma cara péssima... – notou George.

– Estou mesmo, amigo. É o coração que dói.

– Sou PhD neste assunto, pode se abrir.

– A coisa é complicada...

– Principalmente em coisas complicadas.

– Então eu proponho um intervalo – sugeriu Luís Carlos. – Vamos todos ouvir nossa amiga e tentar dar uma força.

Cristina trazia os refrigerantes e pegou a conversa no meio:

– Dar uma força em quê?

– Para a Lúcia, minha linda. Vem cá, deixa isso aí, e vamos falar de amor. A Lúcia está de coração partido.

– Eu sei, Daniel, eu sei.

George acendeu um cigarro e disse:

– Olha, eu vou te dar uma força. Eu sou perdidamente apaixonado por uma mulher. É recíproco, mas ela é mais velha do que eu, bem mais velha. Apesar de a gente se amar com paixão, existirem dias perfeitos, outros são tão confusos que dá vontade de dar um tiro na cuca.

Lúcia respirou fundo e disse:

– Tudo bem, obrigada por vocês estarem disponíveis, mas não há muita coisa a ser dita. Eu conheci um cara fantástico, tipo príncipe: bonito, rico, educado, cristão, desquitado...

– Você está melhor do que eu, podes crer... – comentou George.

– Bem, nós gostamos um do outro de cara. Lemos os mesmos textos, dá pra entender? A atração física também era forte. Calma, gente! Tirem o sorriso dos lábios, continuo a mesma! Mas o problema não é o fato de ele ser desquitado, se bem que isso foi um problema enorme lá em casa; o problema é que ele tem uma cuca estranha. Da mesma maneira que a inteligência dele me fascina, a personalidade me repele. É como se ele vivesse em um universo paralelo. Não estuda, não trabalha. Vive à custa da mãe. Nem se preocupa em mudar o quadro, acha tudo ótimo do jeito que está. Da mesma maneira que sabe ser gentil e apaixonado, é capaz de ser infinitamente cruel. Por exemplo, se eu telefonava, eu nunca sabia se ele ia me receber com gentileza ou se seria frio e cortante. Uma cabeça muito estranha...

— Amiguinha — disse Tetê se aconchegando a Luís —, você está falando com o verbo no passado e eu, sinceramente, espero que tudo tenha terminado. Pelo pouco que você já disse, esse carinha está pintando ser bem lelé da cuca. Você está falando aí e eu sentindo arrepios...

— Qual o signo dele? — perguntou Teca.

— É câncer, mas não tem nada a ver com o signo, não. É loucura mesmo. Ele se casou aos dezoito anos, a menina estava grávida, era rica e importante. Mas não são estes fatos que mostram a loucura, quer ver? Por exemplo, ele se diz católico mas não vai à missa quando bebe, porque não quer conversar com Deus sem estar sóbrio. Acontece que ele bebe todos os dias, entendeu?

— Já entendi tudo! Ainda bem que tenho tantos anos de análise! Sai fora, amiguinha, enquanto é tempo! O neguinho em questão vive no mundo da Alice no País das Maravilhas, você nunca vai encontrar a lógica. Não funciona!

— Acertou. Então é isso, saí fora, mas com o coração em pedaços. Ontem ele me telefonou ordenando que eu fosse até a casa dele, caso contrário ele se mataria. Respirei fundo e disse que o problema era dele, mas com o coração apertado. A minha cabeça sabe que eu fiz bem, que ele é pirado, mas vai contar isso para o meu coração...

— O coração tem razões que a própria razão desconhece... — cantarolou Daniel dando um olhar maroto para Cristina.

— Você sabia que esta frase é de Pascal?

— Pode ser de Pascal ou do *Pasquim*. É verdadeiríssima!

— Eu tenho uma idéia! — sugeriu Teca. — Vamos cada um escrever nossas previsões para daqui a vinte anos. Nós estamos começando nossa vida adulta, estamos começando nossas buscas amorosas e profissionais, estamos cheios de planos! Eu e Chico curtindo nosso amor, Luís e Tetê idem, Daniel e Cristina também. George e Lúcia curtindo paixões complicadas, Sônia e Jaques com amores mornos... então? O que será que vai acontecer? Será que seremos todos profissionais brilhantes? Escrevemos nossas previsões, envelopamos, e

Daniel as guarda com cuidado. Daqui a vinte anos a gente promete que volta a se reunir e abre os envelopes. Então? Está topado?
– Topadíssimo!

Lei inclui domésticas na Previdência

Sobrevivente da queda do avião uruguaio nos Andes confessa que comeu amigo morto

– ENTÃO, SÔNIA, vai lá pra casa estudar?
– Não vou mesmo! Dezembro? Estudar? De jeito nenhum! Estou de férias.
– E o *vestiba*, minha nega?
– Não quero nem saber. Se passar, passei. Chega! Vou hoje à manicure, já até marquei hora.
Depois, Lúcia, esse negócio de estudar é pra você que realmente sabe que carreira vai seguir. Eu nem sei se quero fazer história! Só me inscrevi porque era a única coisa que eu podia fazer. Você sabe que a única profissão que me atrai é a medicina.
– Te invejo, amiguinha, pelo menos você é sincera. Tem uma pá de neguinho enfiado nos livros só pra fazer tipo.
– Bom estudo. Eu vou pra praia! Tenho que me cuidar, chegar até a idade da Jacqueline Onassis e ser fotografada peladona, magérrima, elegantérrima! Você viu as fotos?
O grupo combinou de estudar na casa de Lucia. Até mesmo os professores toparam dar aulas extras aos domingos para eles, já que o edifício comercial fechava nos fins de semana. Resolveram que estudariam todo santo dia, parando apenas na véspera do Natal. A vida deles resumia-se ao estudo. Na época do Natal, fizeram amigo oculto e uma bela festa de despedida. Todos os professores compareceram. George, apesar da animação, estava triste. Saiu para fumar e pensar. Daniel, atrasado como sempre, chegou e encontrou o amigo na escada:

— Ué? A festa está tão cheia que você resolveu fazer a festa na escada?

— Nada disso. A festa lá dentro está ótima, eu é que estou na fossa.

— Sai dessa, bicho! Ânimo! Enche a cara e vai em frente!

— Eu sou apaixonado por uma mulher...

— Ainda bem que não é por um homem! Desculpa, bicho, leva aí.

— Isso seria normal se não houvesse um problema...

— ...ela é casada.

— Como é que você sabe? — perguntou espantadíssimo George.

— Se paixão é problema, só pode ser por mulher alheia. E depois você já disse isso e nós te demos a maior força. Mas e aí?

— Aí que o marido dela está desconfiado. A gente se curte há quase um ano, sempre tivemos o maior cuidado, mas, sabe como é, quando a paixão é muita, não escolhe nem o objeto nem o lugar, e ontem ele chegou em casa fora de hora e me pegou lá. Não estávamos fazendo nada demais, mas estávamos conversando sobre a gente, sobre o desquite dela, ela quer se desquitar. Acho que ele ouviu a conversa. Então, bicho, não estou em clima para comemorar nada, nem Natal nem Ano-Novo. Vou ficar na minha, esperando o resultado. Ela me pediu para não a procurar por uns tempos e é isso o que tenho de fazer.

— Você é quem sabe, mas você também sabe que estou contigo e não abro! Se precisar de um ombro amigo, pode contar comigo! Mas ó, na festa de Ano-Novo quero te ver com uma cara melhor. Vai ser festa à fantasia!

— Pode ser, pode ser...

Chegou, finalmente, o dia 31, e cada um preparou sua fantasia. Lúcia pegou um vestido comprido cor-de-rosa, fez um chapéu pontudo de cartolina, forrou um espeto de churrasco com papel prateado, recortou estrelas, aplicando-as no vestido e produziu, assim, uma roupa de fada. Já Cristina enfiou-se num terno do Daniel, com colete e gravata, pintou um bigode e prendeu os cabelos. Daniel conseguiu uma peruca *black-power*, colocou óculos escuros, e de túnica indiana

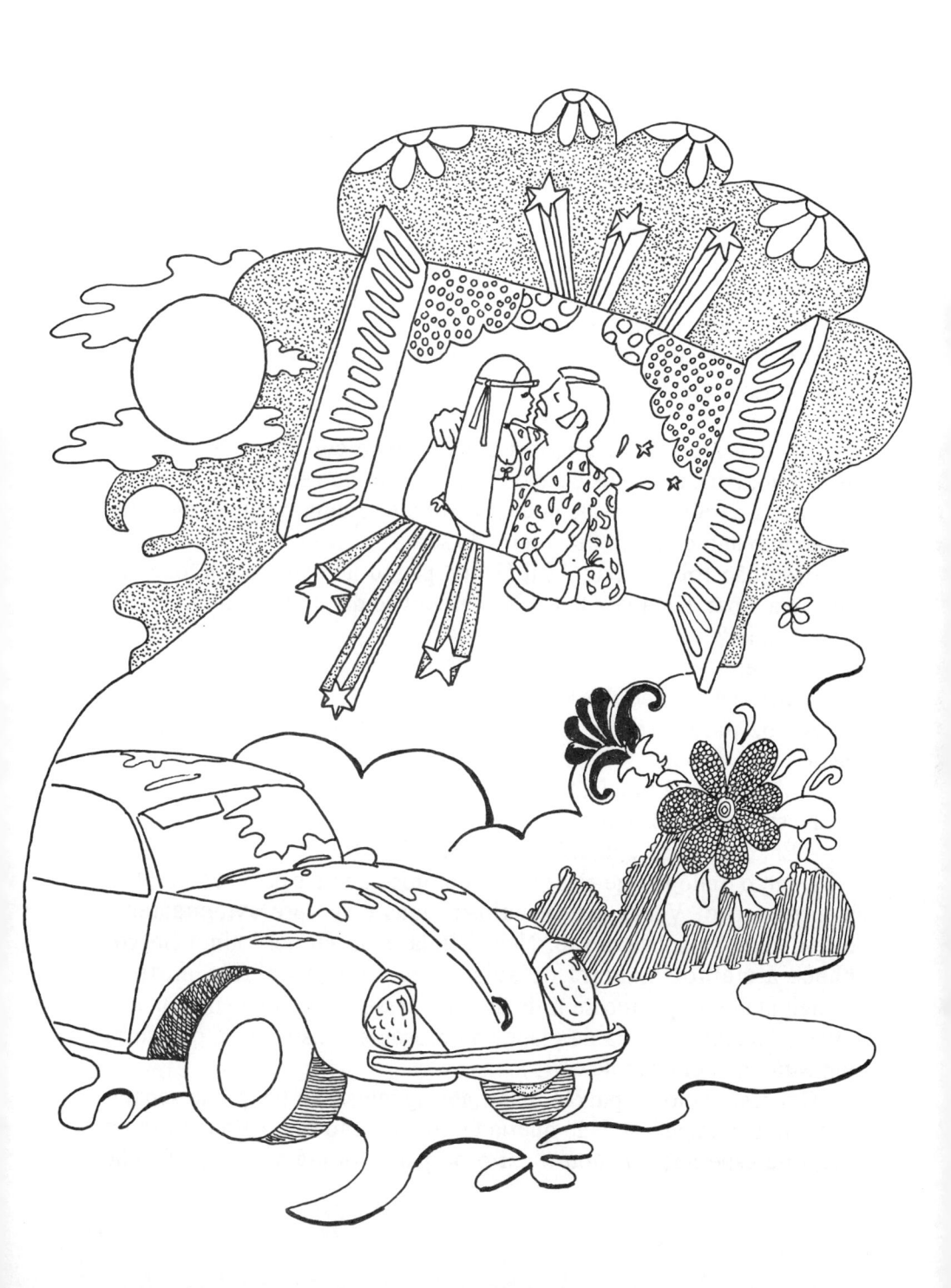

e com muitos colares, ficou irreconhecível. Teca conseguiu uma camiseta com o símbolo do Super-Homem, com suspensórios e coração na testa, para homenagear o Jesus do filme *Godspell*. Chico não queria se fantasiar, disse que iria vestido de burguês, mas Teca conseguiu que ele pusesse pelo menos um chapéu engraçado. Tetê colocou um travesseiro na barriga e usou seu próprio vestido de noiva, enquanto Luís vestiu o uniforme da seleção canarinho. Jaques embrulhou-se num lençol, mas antes tomou muita cerveja. Sônia e Alberto usaram a fantasia de palhaço do Carnaval anterior. Todos os convidados estavam também fantasiados. Ciganos, *cowboys*, piratas, alguns muito engraçados.

A festa foi ótima. Todos sentiram falta de George, principalmente quando deu meia-noite e juntos pularam para começar o ano com o pé direito, berrando seus desejos de passarem no vestibular. Voltaram de ônibus para suas casas, já com o sol alto e uma intenção de inaugurarem o ano com um dia inteiro de sono.

Isso não foi possível. Mal Daniel pegou no sono, o telefone começou a tocar. Uma voz feminina desconhecida procurava por ele.

– Daniel?
– É ele.
– Você não me conhece...

A voz parecia estar soluçando e Daniel sonado, não entendia nada.

– Meu nome é Estela. Sou amiga de George.

Neste ponto, Estela começou a chorar copiosamente.

– Em que posso ajudar? – perguntou Daniel.

Bem, o diálogo que se seguiu é doloroso demais para ser simplesmente escrito. Vocês me desculpem, mas é sempre extremamente difícil falar-se sobre morte. Nem Estela, nem eu nem ninguém conhece a melhor maneira de avisar que alguém querido morreu. Principalmente quando se trata de uma pessoa extremamente amada, jovem, saudável, cheia de planos amorosos e construtivos, que sofre um estúpido acidente de carro.

George, cheio de paixão, não tinha agüentado o tempo de separação que Estela pedira. Não queria terminar o ano sem pelo menos um beijo de esperança. Pegou o carro do pai e foi até a casa de Estela.

Havia uma festa no apartamento e ele viu Estela rindo na janela. Aquele riso lhe fez mal. Ele esperava que ela estivesse tão triste quanto ele. Sentiu uma grande apatia e desalento. Deixou-se ficar algum tempo dentro do carro sem saber o que fazer. Viu Estela brindando o início do ano procurando luzes no céu. Arthur estava ao seu lado. Viu quando eles se beijaram. Só aí decidiu, em prantos, dar a partida no carro. Isto Estela viu acontecer.

As lágrimas confundiam sua visão e George não prestava atenção a nada. Um outro motorista bêbado cruzou seu caminho. A batida foi feia. Pelo menos a morte de George foi rápida.

Talvez eu devesse encarregar Lúcia de dar a notícia para os amigos. Afinal, com seu espírito cristão, talvez soubesse dar uma palavra de esperança aos que o amavam. Lúcia, pelo menos, tem fé e acredita na vida após a morte. Mas não foi isso que aconteceu. Estela, vendo que George partia acelerado, telefonou para sua casa minutos depois procurando por ele. Preocupada, insistiu com a mãe de George para que ele lhe telefonasse assim que chegasse. Mas quem ligou não foi ele e sim a notícia de sua partida prematura.

Confusa e sofrendo, Estela lembrou-se de Daniel, o único número que tinha para recados. O resto vocês já sabem.

Daniel telefonou para os colegas avisando a hora e o local do enterro. Não é nada fácil dar uma notícia dessas. Não é mesmo. Também não é fácil se movimentar em um velório. O que dizer para os parentes? O que chorar? Vazio, mistério, revolta, solidão, sofrimento... nada fácil.

7 DE JANEIRO DE 73

Os DESPERTADORES tocaram praticamente à mesma hora. Totalmente despertos, com exceção de Sônia, seguiram para os locais de prova. Grupos de jovens silenciosos e nervosos a postos. Alguns rostos conhecidos de antigos cursos, festas, grupos. Salas repletas de Marias, Pedros, Ângelas, Antônios.

— Política café-com-leite... Ai, meu Deus! Me esqueci tudo! Robespierre, Ísis, Osíris e Hórus. Determinantes... Guerra dos Farrapos, *No meu caminho tinha uma pedra... no meu caminho há uma pedra!*

Folhas coloridas distribuídas, cartões de computador distribuídos. Cigarros, lápis 6B sobre a mesa, *drops* de hortelã.

Para passar neste vestibilhar de medicinuca é necessário um pouco de sorte, um muito de conhecimento, porque a vida é curta e o importante é ser feliz.

   a) A frase está totalmente correta.
   b) A afirmação está correta, a explicação está correta, mas não corresponde à afirmação.
   c) A afirmação está errada, a explicação correta.
   d) A frase está totalmente incorreta.
   e) NRA.

— Já saiu o gabarito!
— A minha folha foi rosa.

– Eu consegui colar no banheiro!
– Acho que errei tudo!
– Amanhã sai o resultado, como é que a gente combina?
– Só de um jeito: vamos pra porta do *Jornal dos Sports* esperar a primeira edição! – propôs Daniel.
– Eu não! – disse Sônia – não quero nem saber. Vou primeiro pegar uma praia. Depois, talvez, quem sabe, eu vá comprar o jornal.
– Acho que está fazendo tipo! Qualé, Sônia? Vai dizer que não está curiosa?
– Mas não mesmo! Eu já sei que não passei, nem para Petrópolis! Conferi direitinho os gabaritos. Se em cada prova acertei três foi muito!
– Então? – perguntou Jaques – como é que ficamos?
– Eu acho que devíamos todos nos encontrar na casa da Lúcia, que é grande, que não tem pai nem mãe enchendo o saco, com um engradado de cerveja, às três horas. Daí cada um vê seu resultado. Eu vou com o Daniel para a redação do jornal, Sônia vai pra praia, Chico faz o que quiser e pronto!

Bem, gente, foi isso mesmo que aconteceu. A festa foi bárbara, sensacional! Houve, é claro, um momento triste e emocionado, um minuto de silêncio em homenagem ao George. Acredito que ele teria passado. Do grupo, só quem não passou foi Sônia; também foi desistir de estudar na reta final! Do cursinho, um garoto engraçado que não era muito chegado ao grupo também não passou. Contou ele que pegou o jornal, enfiou na cabeça e ficou gritando na praça: "como sou infeliz!" Ia passando uma senhora e ele a atacou: "Socorro, minha senhora, eu não passei no vestibular!" E ela: "Fica calmo. Meu filho também não passou!"

Teca passou na sua segunda opção. Lúcia, assim que soube que tinha tirado primeiro lugar, telefonou para o cursinho para avisar, aproveitou e convidou os professores para a comemoração. Muita cerveja, dança e jogos até o dia clarear. Tetê, já com a barriga querendo aparecer, passou mal, mas tudo é festa!

DE BRASILEIRA DE CIÊNCIAS HUMANAS
731000680
DA ROCHA
VIA 001
AUTENTICAÇÃO NO VERSO
RSIDADE
L DO
ANEIRO
MATOS CORRÊA
CURSO DIREITO
VIA 001
FACULDADES
INTEGRADAS DO
TEREZA CRUZ
FILOSOFIA
VIA 001
AUTENTICAÇÃO NO VERSO
FACULDADE BRASILEIRA DE CIÊNCIAS HUMANAS
Nº DE REGISTRO 731000553
CURSO SOCIOLOGIA
ANCISCO M. RODRIGUES
VALIDADE 01/02/74
VIA 001
AUTENTICAÇÃO NO VERSO
2/73
OLA
NOMIA
VIA 001
AUTENTICAÇÃO NO VERSO
UNIVERSIDADE
EDERAL DO
IO DE JANEIRO
CRISTINA SILVA
CURSO DIREITO
VIA 001
VALIDADE 01/02/74
AUTENTICAÇÃO NO VERSO
CIÊNCIAS HUMANAS
CURSO
731567680
HISTÓRIA
MARIA SAMPAIO
VIA 001
AUTENTICAÇÃO NO VERSO
FACULDADES
INTEGRADAS DO
RIO DE JANEIRO
LUCIA ALCÂNTARA
CURSO PEDAGOGIA
VIA 001
NOME DO ALUNO
Nº DE REGISTRO 731000943
VALIDADE 01/02/74
AUTENTICAÇÃO NO VERSO
EMISSÃO 01/02/73
DRRRI - 14

Então...

O DESPERTADOR TOCOU. Lúcia pegou os óculos escuros, enfiou-se na calça *jeans*. Nem tomou café. Os pais deram bom dia e ela, em silêncio, sentou-se na calçada esperando o ônibus. Cheio! Como estava cheio! Depois de várias paradas, um grupo enorme salta à porta da universidade. Faixas penduradas nas árvores davam boas-vindas aos calouros e diziam: "QUEM DÁ TROTE É CAVALO!"

Seguindo as setas, dirigiu-se a um grande auditório. Professores, representantes do diretório e monitores distribuíram vários papéis. Foram dadas explicações quanto à orientação acadêmica, ao regime de créditos, ao ciclo básico. Depois fizeram um teste de nivelamento de línguas. Após o teste, Lúcia, que já estava conversando com uma garota que sentara ao seu lado, foi tomar um refrigerante no bar. Soube que ela também faria pedagogia e chamava-se Denise. Ela tocava flauta doce, parecia ser tímida. Uma foi com a cara da outra de primeira.

```
    Que saco! Detestei a faculdade! O Daniel
já veio me buscar atrasado. Daí não houve
porcaria de aula nenhuma. Só trote, e todos
ridículos! Imagine que uma guria com cara de
riponga entrou na sala, com mais umas dez
pessoas. Começaram a dizer que não dariam
trote, que queriam dinheiro para uma chope-
```

lada. Mas depois, fecharam a porta da sala não deixando ninguém sair. Mandaram um por um desfilar. O babaca do Daniel foi, melaram ele de farinha e ele ficou rindo! Eu queria ir embora, mas não deixaram. Fiz o maior escândalo! Imagine se vou fazer papel de palhaço na frente daquele bando de frustrados! Não desfilei, não fiz droga nenhuma e ainda briguei com o Daniel, que tava feito um imbecil paquerando as veteranas. Saco! Pra completar o dia, minha irmã aprontou uma que não vou nem contar, de tanta raiva! Vou dormir durante sete dias até passar essa palhaçada de trote!

> Às vezes, sou mulher
> que tudo entende e sabe e dá conselhos
> às vezes sou criança
> pronta pra colo e chorar no travesseiro
> Às vezes, não sei quem sou
> nem mesmo me reconheço no espelho
> E você, meu amado
> com seu abraço de homem,
> seu olhar de menino
> às vezes é pedra preciosa que todos cobiçam
> Chico, perdão pelo ciúme,
>   sua,
>
>   TECA

Chico leu a poesia e sorriu. Teca, pela primeira vez, tinha ficado enciumada com as histórias que contara sobre seu primeiro dia de aula. Tinha chegado empolgado, contando sobre os novos colegas, sobre as lutas que soubera existirem na faculdade a respeito da leitu-

ra de textos marxistas. Os olhos de Teca fizeram-se gelados. Discutira com ele, mostrou-se frágil e insegura.
— Sua boba! Não precisa ter ciúmes de mim. Eu te amo! Vai, olha pra mim: eu te amo!

Os planos estudantis de Luís e Tetê tiveram que ser adiados. A gravidez não corria com tranqüilidade e Tetê precisava de repouso. Luís, por sua vez, precisava de trabalho, assim procurou transferência para um curso noturno. Pelo menos, estavam juntos e felizes.

O ano letivo de Jaques começou com atraso. Tinha terminado as férias em sua cidade natal e os pais ficaram tão orgulhosos com o sucesso do filho que decidiram alugar um apartamento para ele. Ele deixaria a casa da tia. Depois de algumas visitas, conseguiram encontrar um apartamento agradável e uma diarista.
Sua nova turma lhe pareceu bem simpática. Mas teve de concordar com a fala preferida do mestre Gustavo:
"O melhor período estudantil é o vestibular. No colégio, os professores querem ensinar, mas os alunos não querem aprender; na faculdade, os alunos querem aprender, mas os professores não querem ensinar; no vestibular, professores querem ensinar e alunos querem aprender. Aproveitem!"

1994

LÚCIA: Formou-se em educação, casou-se (virgem) com um filósofo que conheceu no mestrado que fez nos Estados Unidos. Tiveram um casal de filhos. Hoje, termina sua tese de doutorado, é professora universitária.

Durante seus primeiros anos de casada, ainda fantasiava encontros com seu ator predileto. Mas isso não durou muito, pois o ator sofreu um acidente fatal aos 33 anos. Lúcia chorou muito relembrando todas as suas mortes, inclusive a do querido George.

CRISTINA: Desistiu da faculdade. Teve diversos namoros chegando a morar junto com um executivo mineiro durante três anos. Não tiveram filhos. Fez de tudo para sobreviver: foi muambeira do Paraguai, sacoleira de roupas de ginástica, recepcionista de congressos. Hoje tem uma firma de congelados. Continua muito amiga de Lúcia.

DANIEL: Depois da anistia, seu pai voltou ao Brasil e juntos começaram uma carreira política, mas o pai morreu logo no primeiro mandato. Casou-se com uma moça da sociedade, tiveram seis filhos. É deputado federal, riquíssimo! Infelizmente existem fortes suspeitas de que seu nome esteja envolvido na CPI do Orçamento. Ah! Ele perdeu os papéis que continham as previsões do grupo. Pelo menos foi o que disse ao encontrar com Cristina no calçadão enquanto em campanha.

SÔNIA: Não tentou outro vestibular. Fez diversos cursos e abriu uma confecção. Casou-se com um economista, não tiveram filhos. Um dia, encontrou-se com o prof. Gustavo na rua. Ela já estava com trinta anos e foram tomar um chope relembrando o ano de 1972. Para surpresa de Sônia, Gustavo confessou que tinha sido apaixonado por ela. Bem, o que se passou durante esse encontro, conto em outro livro. Já Alberto, seu ex-namorado, mora no interior, casou-se por lá com uma colega de faculdade e tem quatro filhos.

TECA E CHICO: Continuam juntos e felizes até hoje. Teca é astróloga de sucesso, Chico continua cético, mas ainda profundamente apaixonado. Abriu uma firma de informática e trabalha para diversos políticos de todos os partidos em suas campanhas. Ah! têm uma filha de dez anos, insuportavelmente mimada.

TETÊ E LUÍS: Tiveram uma linda menina. Foram morar no bairro de Santa Teresa, Luís fazendo seus bicos em cinema até a sua formatura. Tetê não se formou, trancou matrícula e perdeu-a. Separaram-se depois de cinco anos, pois Luís se apaixonou por uma atriz. Hoje, Tetê é casada com um rico industrial têxtil paulista, tem mais dois filhos com ele. Luís é dono de uma produtora independente de programas de TV, tem cinco filhos ao todo com três mulheres diferentes.

JAQUES: Está pesando 120 quilos. Trabalha numa multinacional. Tem dois filhos, está casado há 12 anos, também mora em São Paulo. Todas as sextas-feiras toma um porre com os amigos. De vez em quando encontra com Tetê no *shopping* aos sábados.

Se alguém estiver interessado, Estela acabou por se separar do marido Arthur, pois se apaixonou por um aluno filho de ingleses. Hoje mora na Inglaterra e está muito bem, obrigada.

Este livro foi impresso nas oficinas da
DISTRIBUIDORA RECORD DE SERVIÇOS DE IMPRENSA S.A.
Rua Argentina, 171 – São Cristóvão – Rio de Janeiro, RJ
para a
Editora José Olympio Ltda.
em outubro de 2006

*

74º aniversário desta Casa de livros, fundada em 29.11.1931